Günter Brödl & Peter Hiess

Kurt Ostbahn

TRAINER & TRASH ERMITTELN

Peep-Show

oder

Das Geheimnis der toten Tänzerin

Eichborn.

»Beer drinkers are jerks!«
– Frank Lovejoy in *The Sound of Fury* (»Aufruhr in Santa Sierra«, 1950)

Gewidmet Herrn Rudolf Polifka, ohne dessen filmhistorisches Fachwissen dieses Buch nicht möglich gewesen wäre.

»Peep-Show« wurde unter dem Titel »Das Geheimnis der toten Tänzerin« erstmals in gekürzter Fassung als Fortsetzungsroman in der österr. Zeitschrift *Wiener* (1–12/98) abgedruckt.

Die Deutsche Bibliothek – CIP-Einheitsaufnahme

Brödl, Günter:
Kurt Ostbahn Trainer + Trash ermitteln – Peep-Show :
Günter Brödl ; Peter Hiess. – Frankfurt am Main : Eichborn, 2000
ISBN 3-8218-0835-7

Februar 2000
Umschlaggestaltung: Christina Hucke
Umschlagfoto © Corbis / Picture Press Life
Satz: Fuldaer Verlagsagentur, Fulda
Druck und Bindung: Wiener Verlag, Himberg
ISBN 3-8218-0835-7

Verlagsverzeichnis schickt gern:
Eichborn Verlag, Kaiserstraße 66, 60329 Frankfurt
http://www.eichborn.de

Kapitel 1: »Der Hut brennt«

Als der Trainer endlich die Meidlinger Mansarde betritt, schlägt das nervöse Magengrimmen wieder voll durch. Es hat ihn während der ganzen Zugreise von Graz nach Wien begleitet, wurde aber auf der Fahrt vom Südbahnhof zu seiner bescheidenen Bleibe von einem pochenden Kopfschmerz überlagert. Was mit der Kopflosigkeit zu vieler Mitmenschen zu tun hat.

Der Trainer stieg am Parkplatz vor dem Bahnhofspostamt in seine froschgrüne Rostlaube. Er warf den Motor an und stand, kaum der Parklücke entronnen, bereits im Stau. Damit fing das Pochen an.

Montagmorgen. Sehr früher Morgen. Und das am Wiener Gürtel. Da hockt der Verkehrsteilnehmer triefäugig und nicht ausgeschlafen in seiner rollenden Einzelzelle, und man überbietet einander im Fällen falscher Entscheidungen. Wer die meisten Fehler macht, darf am lautesten hupen. Und wer seinen Montagmorgen-Grant nicht unter Kontrolle halten kann, springt aus seiner Kiste, um andere mit ausgestrecktem Mittelfinger einen krummen Hund zu heißen. Was gelegentlich auch zum Schußwechsel mit tödlichem Ausgang führt.

Nicht so an diesem Montagmorgen. Schade. So ein schönes großkalibriges Krachen hätte seinen Kopfschmerz auf der Stelle weggeblasen. Und der Trainer hätte sich im Stau auf seinen nervösen Magen konzentrieren können.

***

Jetzt wirft er unter schneidenden Schmerzen einen Blick auf den Anrufbeantworter und sieht alle bösen Vorahnungen bestätigt. Das rote Lämpchen blinkt ohne Unterlaß. 14 Botschaften haben ihn seit seiner überstürzten Abreise nach Graz am Freitag nachmittag erreicht. 14 Botschaften, die ihn daran erinnern, daß man sich als leitender Mitarbeiter eines Rock'n'Roll-Mittelbetriebes nicht einfach gruß- und kommentarlos übers Wochenende in die steirische Landeshauptstadt abseilen kann, um dort seine Herzensangelegenheiten ins reine zu bringen. Was ohnedies nicht gelungen ist. Ganz im Gegenteil. Aber das ist eine andere Geschichte.

Übrigens, der Trainer ist kein Mann des Sports. Er trainiert weder spindeldürre Eiskunstläuferinnen noch ganzkörpertätowierte Freistilringer. Seine Trainertätigkeit hat auch nichts mit dem deutschen Schäferhund oder mit esoterischen Reinkarnationsseminaren zu tun. Der Trainer steht vielmehr im Sold einer Rock'n'Roll-Band nicht ganz zeitgemäßen Zuschnitts, die ihm aber immerhin ein bescheidenes Auskommen ermöglicht. Was genau in seiner Dienstbeschreibung stehen würde, wenn er sowas hätte, weiß eigentlich kein Mensch. Bekannt ist nur, daß er ein historisch wertvolles Tonträgerarchiv sein eigen nennt, das seinen Arbeitgeber, den Dr. Ostbahn, seit vielen Jahren schon auf so manche musikalische Idee bringt. Außerdem ist er im Prinzip verläßlich, pünktlich und gewissenhaft. Ein Arbeitstier, ein Zwangsarbeiter.

Aber seit in diesem Frühjahr die Bäume wieder ausschlagen und der Flieder wieder blüht, gehen mit ihm emotional die Pferde durch. In Richtung Grazer Altstadt, Buchhandlung »Springer«, um genau zu sein, Sachbuchabteilung im ersten Stock. Dort hat er vor drei Wochen nach einem Bildband über toltekische Ausgrabungen in der nordmexikanischen Provinz Chihuahua gesucht, nichts gefunden, aber dafür sein Herz an die ebenso kompetente wie liebreizende Buchhändlerin verloren. Sie heißt Romana. Und der Trainer, immerhin ein Mann jenseits der Lebensmitte, der in Liebesangelegenheiten sein Pinkerl zu tragen hat, ertappt sich seit dieser ersten Begegnung immer wieder dabei, wie er sich leise ihren Namen vorsagt, dabei die Augen schließt und sich von einer Welle von Frühlingsgefühlen fortspülen und mitreißen läßt.

Dermaßen aufgewühlt, schleichen sich vermehrt kleine Schnitzer und Pannen in die Trainerarbeit ein. Sogar das traditionelle tägliche Telefonat mit dem Kurt Ostbahn (Trainer: »Wia is die Lage?« - Ostbahn: »Eh. Und selbst?«) hat darunter zu leiden. Dabei hätten sich die beiden momentan eigentlich viel zu erzählen. Über die Planung eines neuen Albums mit der Kombo, zum Beispiel. Oder über Ostbahns Bildungsreise ins ferne Arkadien. Der Herr Rock'n'Roll-Doktor will nämlich in den Sümpfen von Süd-Louisiana die Originalrezeptur von Red Hot Gumbo und Jambalaya sowie die Wurzeln des Favorit'n'Blues erforschen. Ein ehrgeiziges Soloprojekt, bei dessen Vorbereitung die musikhistorische Kompetenz des Trainers gefragt wäre. Aber der ist in den letzten Wochen entweder telefonisch überhaupt nicht erreichbar oder aber nicht bei der Sache. Wenn der Kurtl über den Unterschied zwischen Zydeco und Cajun diskutieren will, sagt der Trainer höflichkeitshalber hin und wieder: »Sehr interessant.« Mit seinen Gedanken ist er allerdings in Graz. Und sein uneingeschränktes Interesse gehört den Ohrläppchen seiner Buchhändlerin, an denen er jetzt viel lieber herumknabbern würde, als dem Kurtl sein Ohr zu leihen.

Die Botschaften 1 bis 13 lassen den Trainer relativ kalt. Alles Dinge, die nicht wirklich unter den Nägeln brennen. Sein Sachbearbeiter bei der Bank Austria bittet um dringenden Rückruf. Sein Sachbearbeiter bei der Gebietskrankenkasse detto. Der Steuerberater wartet auf längst versprochene Unterlagen. Gitti Kaltenbeck läßt ausrichten, daß Che, sein mittlerweile auf Kalbsgröße ausgewachsener kanarischer Exhund, im Auer-Welsbach-Park einem freilaufenden Rottweiler im Zuge eines Raufhandels das linke Auge weggebissen hat. Der Kohlen-Güntl, Ton- und Zahlmeister der Kombo, will die endgültigen Studiotermine. Die Birgit aus Krems will, weil versprochen, zwei Freikarten für ein Konzert im Juli. Der Rettenbacher Herbert will schleunigst was von den 20 Blauen sehen, die er dem Trainer vor bald sieben Jahren geliehen hat. Andernfalls sieht er sich genötigt, seinen Anwalt einzuschalten. Weil sich beim Geld jede Freundschaft aufhört.

Der Trainer überlegt soeben, ob der Rettenbacher Herbert jemals sein Freund gewesen ist, oder nicht eher sowas wie ein mobiler Bargeldautomat, der die Marie seines Vaters zinsensicher in seine finanzmaroden Haberer investiert hat, als ihn Botschaft Nummer 14 (datiert mit heute, 4 Uhr 32) trifft wie ein Keulenschlag:

»Ostbahn. Was is los, Trainer? Wo bistn? Heb ab oder horch gut zu. Folgendes: Ich kann jetzt ned lang redn. Aber ich war grad bei der Rikki. Kennst eh die Rikki. Die arbeit jetzt am Mariahilfer Gürtel in der Peep-Show.

Egal. Sie hat jedenfalls massive Wickeln. Geschäftlich wie privat. Da müssen wir was unternehmen. Und zwar sofort, Trainer! Sonst hat die Rikki den Aufdrahten! Also: Wann reden wir drüber? Weil warum? Wie du vielleicht noch weißt, bin ich morgen am Nachmittag dahin. Baton Rouge. Und ich sag nur so viel, Trainer: Der Hut brennt.«

***

Der Trainer wirft einen Blick auf die Küchenuhr. 8 Uhr 37. Er schlägt eine Stunde drauf, weil er bei der Umstellung auf die Sommerzeit auch heuer wieder verabsäumt hat, die drei Uhren in der Meidlinger Mansarde nachzujustieren, und wählt dann sofort und per Kurzwahltaste den Kurtl an.

Freizeichen. Lang, laut und deutlich. Niemand daheim.

»Wunderbar«, murmelt der Trainer in seinen Fünftagebart, der Romana immer so viel Freude und rote Wangen macht. Aber das ist im Moment kein Thema. Jetzt ist der Trainer gefragt. Im Vollbesitz seiner geistigen Kräfte. Putzmunter. Hellwach.

Der Kurtl und die Rikki. Eine endlose Geschichte auf endlos langen Beinen. Aber da war nie was, obwohl die Rikki immer da war. Schon seinerzeit im *Espresso Rosi*, mit ihren roten Locken, die mit den Jahren immer noch röter wurden. Keiner von der originalen Chefpartie (der alten Band vom Ostbahn, die sich mittlerweile fast vollzählig in den wohlverdienten Vorruhestand zurückgezogen hat), der im *Rosi* nicht irgendwann einmal versucht hätte, bei ihr zu landen und schwer Schiffbruch erlitten hat. Es gibt Frauen, die sehen zwar aus wie die Sünde, haben aber viel zu viel Sünde gesehen, als daß sie bei dem alten Spiel noch mitspielen würden.

Was macht der Trainer, wenn er nicht weiß, was tun? Er wendet sich vertrauensvoll an Doktor Trash, den Privatgelehrten und Computer-Alchimisten aus der Kirchengasse. Immerhin ist der Doc nicht nur ein international gefragter Experte für Serienmord und organisierte Kriminalität, sondern auch sowas wie ein Freund. Und zwar einer, dessen Informationsvorsprung und Improvisationsgabe dem Kurtl wie dem Trainer schon aus so mancher Sackgasse geholfen haben.

Aber auch bei Trash ertönt nur das Freizeichen. Lang, laut und deutlich. Niemand daheim.

Kann nicht sein. Um diese Tageszeit beginnt der Doc normalerweise seine erste Tiefschlafphase – aber einem penetrant läutenden Telefon konnte er bisher noch nie widerstehen.

Der Trainer denkt, wie um sich Mut anzutrinken, noch einmal zusammenfassend an das Wochenende in Graz. Dann macht er sich auf den Weg zur grünen Rostlaube, um sich ein zweites Mal an diesem lauen Montag in den Stau zu stellen.

***

Das Tor zur Datenzentrale des Doc in der Kirchengasse steht sperrangelweit offen. Handwerker in weißen, olivgrünen und dunkelblauen Overalls verwehren dem Trainer biertrinkend den Zutritt.

»Da Baustelle«, sagt ein großer Muskelmensch in Weiß.

»Wunderbar«, sagt der Trainer und drängt sich an dem

weißen Riesen vorbei ins Vorzimmer, wo alles aussieht wie immer: kriminalistische Fachmagazine und eine bis an die Decke reichende Videokollektion der bösartigsten Splatter-Movies in ungeschnittener Originalfassung.

Beim zweiten Hinschauen entgeht dem Trainer jedoch nicht, daß Fußboden, Wände und Horrorarchiv von einem staubzuckerartigen Film überzogen sind.

Ein Mann in Blau stellt sich ihm in den Weg.

»Da Baustelle. Wo du wollen?«

»In dem Sinn nirgendwo«, sagt der Trainer. »Ich such nur den Herrn des Hauses.«

»Er nix da«, sagt der Mann in Blau.

»Und wo is er?«

»Oben«, kommt ihm ein Typ in Olivgrün zu Hilfe, der die verkohlten Überreste von Doktor Trashs Apple-Zweitgerät in Händen hält. »Da hats ordentlich knallt. Ma tät ned glauben, daß a Computer allaa sowas von an Knalla bringt.«

»Eine Explosion?« fragt der Trainer.

»Feuerwehr do. Rettung do. Dabei is eh so gut wie nix passiert. Aber der Häfen is ma nimma wurscht«, meint der Typ in Olivgrün und will mit Doktor Trashs angekokeltem Zweithirn endlich ins Freie.

»Und was is mit dem Besitzer?« erkundigt sich der Trainer.

»Der huckt an Stock höher, waant und sauft mit dera Blonden Tequila. Tät i a mochen, wann ma sowas passiert«, meint der Olivgrüne im Abgehen.

Eine Blonde? rätselt der Trainer, als er von der Handwerkerflut sanft ins Stiegenhaus geschwemmt wird. Sollte es im Leben des notorischen Einzelgängers Trash etwa jemanden geben, von dem ich nichts weiß? Oder handelt es sich nur um einen harmlosen Fall von Nachbarschaftshilfe?

***

»Grüß Gott«, sagt der Trainer zum wiederholten Mal, nachdem ihm zwei Pensionistinnen die Wohnungstür vor der Nase zugeschlagen haben. Der dritte Versuch fängt wenigstens von der Optik her erfreulicher an. Eine bezaubernde Person um die 30, honigblond und mit einer atemberaubenden Figur unter T-Shirt und Trainingshose, schaut ihn fragend an.

»Entschuldigung, aber is zufällig der Doktor …?« setzt er an, als sich im Halbdunkel des Vorzimmers eine bekannte Silhouette manifestiert. Jawohl, es ist Dr. Trash. Aber wie sieht er aus? Die Haare wirr und leicht angesengt, Rußschlieren im totenbleichen Gesicht, die schwarzgraue Eremitenkluft, komplett mit Priesterhemd (»Zur Tarnung«, wie der Doc immer sagt), von Löschschaum besudelt. Und ein Gesichtsausdruck, der an Säuerlichkeit nicht zu überbieten ist.

»Na, du hast mir gerade noch gefehlt!« preßt der Doc beim Anblick des Trainers mit rauher Stimme hervor. Er hebt die Hand, die eine halbleere Tequilaflasche – Olmeca, braun – umklammert, und weist auf die Honigblonde. »Darf ich bekanntmachen: Frau Dr. Messeritsch, und das da ist der Trainer. Aber der geht gleich wieder.«

»Unsinn«, meint die Jungakademikerin lächelnd und ergreift die Hand des Trainers. »Kommen's doch weiter, bitte. Und sagen Sie Bettina zu mir.«

Beim Früchtetee in der geräumigen Wohnküche, wo Möbel aus den dreißiger Jahren und modernste Haushaltselektronik ein illustres Ensemble bilden, kann der Trainer seine Neugierde nicht länger zügeln.

»Wie isn des passiert? Supergau auf der Festplatte?«

Der Doc kann oder will darüber nicht Auskunft geben. Stattdessen verbreitet er sich über die Begleiterscheinungen der Katastrophe: »Ein Unglück, das nur peripher mit der Elektronik zu tun hatte. Und eines, mit dem ich mühelos allein fertig geworden wäre.«

Wie sich herausstellt, wurde »der Gschaftlhuber von nebenan« durch die Detonation aus dem Schlaf gerissen und verständigte beim ersten Anzeichen von Rauchentwicklung per Notrufnummer sämtliche Behörden. Deren Großeinsatz sorgte dann erst für die richtige Verwüstung der Datenzentrale.

»Überall dieser ekelhafte Schaum«, schüttelt der Doc deprimiert den Kopf. »Die Sicherungen haben geknallt wie die Sektkorken bei einer Silvesterparty. Ein solcher Kurzschluß legt normalerweise ganze Stadtteile lahm.«

Aber es war nicht das Ausmaß der Verwüstung, das den Doc schließlich in die Flucht schlug, sondern die lärmende Acht- und Sorglosigkeit der eilig herbeigeholten Mitarbeiter dreier Handwerksbetriebe. »Ihr wißt doch, wie sehr ich es hasse, wenn Professionisten in meine Privatsphäre eindringen«, wendet sich Trash an seine Zuhörerschaft. »Nichts als blöde Fragen, anzügliche Bemerkungen, Zigarettenqualm und Bierflaschen – ein Alptraum! Es ist ein wahres Glück, daß Fräulein Bettina so freundlich war, mir in meiner Notlage Unterschlupf zu gewähren . .«

»...weil ich ja auch sonst gelegentlich für sein leibliches

Wohl sorge«, wirft die Honigblonde ein und bedenkt den Doc mit einem Augenzwinkern. Und der wird doch tatsächlich rot – ein Anblick, der so selten ist, daß man ihn eigentlich fotografisch festhalten sollte.

»Blede Gschicht«, sagt der Trainer, da er immer öfter nicht nur wie der Kurtl denkt, sondern auch so sprechen muß. Und um die peinliche Situation etwas zu entschärfen, hängt er noch ein Bonmot an, das ebenfalls aus dem schier unerschöpflichen Ostbahn-Fundus stammt: »Da wird dir ja nix anderes übrigbleiben, als während des Wiederaufbaus in deine Zweitwohnung zu übersiedeln – das Dreizimmer-Apartment im Internetz.«

Der Trainer zerkugelt sich über seinen Witz, Bettina schmunzelt, und der Doc findet das gar nicht lustig. »Du bist doch sicher nicht hier aufgekreuzt, um in meinen offenen Wunden zu stochern«, sagt er. »Also – was liegt an?«

»Wir haben a Problem, der Kurtl und i. Also i ja weniger als der Kurtl, aber …«

***

Der Trainer steckt schon wieder im Stau. Diesmal allerdings mit Doktor Trash und einem Taxler. »Ich denke gar nicht daran, an Bord deines brüchigen Boliden zu gehen«, hat der Doc gemeint. »Der heutige Tag ist auch ohne Auffahrunfall mit Peitschenschlagsyndrom übel genug. Wenn wir schon in die Peep-Show müssen, dann reisen wir wenigstens stilvoll an.«

Für alle, die's noch nicht wissen: Der Trainer ist der einzige Mensch im ganzen Universum, der sich standhaft gegen die Erkenntnis sperrt, daß er schlicht der schlechteste

Autofahrer aller Zeiten ist. Selbst sturzbetrunkene Zwölfjährige am Steuer eines pickerllosen Kleintraktors bewältigen die logistischen Probleme des Straßenverkehrs besser als er. Daß ihm noch nichts Gröberes zugestoßen ist, zählt zu den großen Mysterien der Menschheitsgeschichte. Aber seine Beifahrer stehen die nervliche Strapaze nur selten durch. Der Kurtl könnte so manches Lied davon singen. Und eine einzige einschneidende Erfahrung hat genügt, den Doc bis ans Ende seiner Tage davon abzuhalten, je wieder ein Kraftfahrzeug mit dem Trainer am Steuer zu besteigen.

So parkt die froschgrüne Rostlaube jetzt also in der Kirchengasse, und die beiden Ermittler sind im Funktaxi unterwegs. Da der Fahrer – vermutlich ein Kosovo-Albaner – beharrlich schweigt, ergreift dreist der Trainer das Wort:

»Geht mich ja eigentlich nix an, aber: Ist das reizende Fräulein Bettina eventuell diejenige welche, die dir damals nach Teneriffa den herrlichen Zitronenkuchen eingepackt hat?« (Siehe auch »Kurt Ostbahn: Hitzschlag«, 1996)

»So ist es«, sagt der Doc.

»Und?«

»Und jetzt zu etwas ganz anderem: Was ist diese Rikki außer rothaarig und Nackttänzerin? Es muß doch einen Grund geben, daß der Kurt und du wegen einer Frauensperson so in Aufruhr geraten.«

»Des is a längere Gschicht ... Sehr kompliziert. Man weiß nix Genaues. Selbst ich nicht.«

»Hervorragend«, meint Trash unwirsch. »Laß mich die bisherigen Erkenntnisse kurz zusammenfassen: Wir fahren also wegen einer Frau, über die mir keinerlei Informationen vorliegen, außer daß sie möglicherweise eine Halbweltdame ist, zu einem zwielichtigen Etablissement, wo wir vielleicht den Kurtl treffen, damit er uns Minuten vor seiner Abreise noch über ein nicht näher definiertes Problem berichtet, das ihn irgendwie beunruhigt. Oder auch nicht. Trifft das ungefähr den Kern der Sache?«

»Ich glaub schon«, meint der Trainer auf diese hochkomplizierte Anfrage. »Das beste ist, wir lassen uns einfach überraschen.«

»Sehr professionell. Da hätte ich ja gleich zu Hause bleiben und mich mit den Handwerkern unterhalten können ...«

***

Die *Live Girl Revue* am Mariahilfer Gürtel befindet sich in bester Nachbarschaft. Nämlich genau einen Häuserblock von der Maria-vom-Siege-Kirche entfernt, wo seit Jahren ein Transparent den Autofahrer daran erinnert, daß Jesus ihn liebt. Und nicht nur ihn. Auch seine Frau und die Kinder.

Als Doktor Trash und der Trainer (in dieser Reihenfolge) die Geschäftsräumlichkeiten betreten, sind sie erst einmal blind. Den Wechsel von der gleißenden Nachmittagssonne ins rotlichtgefärbte Halbdunkel verkraften nur geübte Voyeure. Hinter der verspiegelten Tür wird der Abgasgestank vom Geruch nach scharfen Desinfektionsmitteln, kaltem Rauch und einsamen Männern abgelöst.

»Warst du eigentlich schon einmal in sowas?« fragt der Trainer scheinheilig in die Richtung, wo er Trash vermutet.

»Sowieso«, zischt es aus dem Zwielicht zurück. »Aber natürlich nur in Sachen Feldforschung. Man will ja schließlich wissen, was draußen in der Welt passiert.«

Nach ein paar Sekunden nehmen die privaten Ermittler erste Umrisse wahr: ein Regal mit antiken Pornovideos im Sonderangebot, eine Fotowand, die anzeigt, welches der Live Girls gerade tanzt, und eine Theke, hinter der eine vertraute Gestalt abgegriffene Geldscheine in Zehner umtauscht.

»Da schau her, der Herr Trainer. Alles in Irdning?« sagt der deutlich vom Leben gezeichnete Mann hinter der Budel. Es ist Rudolf Polifka. Der Polifka Rudl, der zeit seines Lebens den Heimatbezirk – Rudolfsheim-Fünfhaus – kaum verlassen hat. Seinerzeit war der Polifka Rudl Billeteur im Handl-Kino. Seit das Lichtspieltheater seine Pforten geschlossen hat (und das ist gut zwanzig Jahre her), finanziert er seinen Alkoholismus und die Zimmer-Küche-Wohnung in der Turnergasse durch Gelegenheitsjobs: Nachtwächter im Technischen Museum, Portier in der Slibovitz-Brennerei in der Oelweingasse, und jetzt Geldwechsler am Gürtel.

Der Rudl ist, aber da gehen die Schätzungen weit auseinander, einiges über 70 und könnte längst eine ruhige Kugel als Mindestrentner schieben. Aber bekanntlich stirbt man daheim im Bett. Und deswegen verbringt er die dienstfreie Zeit bis lang nach der Sperrstunde im *Café Rallye*. Dort trinkt er ein Fluchtachterl nach dem andern und deliriert über die Plots alter Hollywoodfilme, als wär er mit dabei gewesen.

»Scho lang ned gsehn«, sagt er jetzt mit der Synchronstimme von Robert Mitchum. »Apropos … Wos i grad sogn wollt ...« In der folgenden Kunstpause versucht sein Kurzzeitgedächtnis verzweifelt, die letzten sechs Weinbrände niederzukämpfen. »Ah jo! Grad war der Herr Kurt da bei mir. Dera Minuten. Den habts ums Arschlecken verpaßt. Wie seinerzeit der Brando die Liz Taylor, wanns wißts, wos i man. Er wollt mit der Rikki reden. Aber des geht jo ned, weil die hat erst seit einer halben Stund Dienst. Und auf einmal hat er es gnädig ghabt als wia. Wegen sein Bus. Noch Arabien oder wos. Wie seinerzeit der Peter O'Toole.«

»Verstehe«, sagt der Trainer sicherheitshalber. »Und?«

»Na jo, er hat nur gemeint, Sie werden des schon pegeln – wegen der Rikki. Sie und a gewisser Doktor Fesch. Is des leicht der Herr?«

Der Doc zieht den Trainer ungeduldig am Ärmel seiner Windjacke. »Dieser Mensch leidet offensichtlich an retrograder Amnesie«, flüstert er ihm ins Ohr. »Dem muß man ganz anders kommen.« Er zieht einen Hunderter aus der Manteltasche und legt den Schein auf die Theke. »Jetzt denken Sie einmal fest nach, guter Mann: Hat Ihnen der Herr Kurt verraten, was mit dem Fräulein Rikki los ist?«

»Wer is bei Ihnen a guter Mann?!« gröhlt der Polifka Rudl, schnappt sich den Hunderter und drückt Trash die entsprechenden Zehner in die Hand. »Ich hab Ihnen alles gsogt, was zum Sogen gibt. Wia seinerzeit die Katherine Hepburn dem Spencer Tracy. Der Rest ist Schweigen.«

»Ist der immer so?« wendet sich Doktor Trash konsterniert an den Trainer. Woraufhin der nur gekonnt eine Augenbraue hochzieht – wie seinerzeit Mister Spock im Fernsehen – und meint: »Da kann man nix mehr machen. Geh ma lieber schauen, wie weit die Rikki is.«

Er nimmt dem Doc das Münzgeld weg und macht sich auf den Weg zu den Kabinen.

***

Die Tür von Wichskoje Nummer 9 fliegt auf, und heraus stolpert ein Mann, der eine entfernte Ähnlichkeit mit Mickey Rourke in »Johnny Handsome« (vor der Schönheitsoperation) hat. Aber das kann auch an der Beleuchtung liegen.

Jedenfalls ist der Kunde sehr grün im Gesicht und rudert hilflos mit den Armen, während ihm die Trevirahose und der ausgeleierte Benger-Rippslip zu den Knien hinunterrutschen.

Mit dem Kopf deutet er nach hinten, in die Kabine, wo die Rollo zur schönen Aussicht gerade gemächlich abwärts gleitet. »Alles voller Bluat«, bringt er gerade noch hervor, und dann erbricht er seine letzten paar Mahlzeiten, inklusive Beilagen und Getränke, dem Doc vor die Füße.

»Hoppala! Hamma was Schlechtes gessn?« fragt der Polifka Rudl, dem solche Auftritte keineswegs fremd sind, jovial.

Doktor Trash hält sich nicht mit solchen Nebensächlichkeiten auf. Er reißt dem Trainer die Zehner aus der Hand, stößt die Tür zur Nebenkabine auf und wirft entschlossen ein paar Münzen ein. Der Trainer folgt ihm. Sein Magengrimmen ist wieder da, schlimmer als am Vormittag. Erstens reckts ihn immer selber ein bissl, wenn er wen anderen speiben sieht, und zweitens ist ihm gerade aufgegangen, daß er jetzt wahrscheinlich erst recht keine

Gelegenheit haben wird, die Rikki nackt zu erleben. Obwohl er zu den vielen gehört hat, die schon damals im *Espresso Rosi* viel für einen solchen Anblick gegeben hätten. Jedenfalls mehr als einen Zehner.

Aber der Trainer irrt. Als der Schieber vor dem Fenster aufgeht, kriegt er mehr von der Rikki zu sehen, als er sich je vorgestellt hat – mehr, als er überhaupt wollte. Sie liegt auf der Drehscheibe, mit weitgespreizten Beinen (doch nicht ganz so rothaarig ...), die Arme links und rechts neben ihrem bemerkenswerten Körper ausgestreckt.

Die Rikki ist oben und unten ohne. Gesicht hat sie auch keines mehr. Nur mehr eine Masse rohes Fleisch. Unter ihrer roten Mähne breitet sich langsam eine Flüssigkeit aus, die noch viel röter ist.

Der Doc zieht scharf die Luft ein. Der Trainer schluckt heftig, um das, was ihm die Speiseröhre hinaufkommt, unten zu behalten. Plötzlich werden sie beide unsanft vom Fenster weggeschoben.

»Na servas!« sagt der Polifka Rudl, der seine Wirkungsstätte verlassen hat, um sich den Grund für die ganze Aufregung aus der Nähe anzuschauen. »Die is bedient. Wie seinerzeit die ...«

Und dann fällt er in Ohnmacht.

Kapitel 2:
»Camel light«

»Na, da schauts mir ja eher aus wie in einer *Dead Girl Revue*«, sagt Kommissar Skocik, der in letzter Zeit anscheinend zu viele Tarantino-Filme gesehen hat, gut gelaunt. Auch sonst hat sich der zum Gruppenleiter des Morddezernats aufgestiegene Krimineser nicht gerade zu seinem Vorteil verändert. Seit er bei der Jagd nach dem »Schlächter von Fünfhaus« (siehe auch: »Kurt Ostbahn: Blutrausch«, 1995) weder kriminalistisch noch menschlich punkten konnte, wird er bei den Kollegen und der Galerie den Ruf des Klugscheißers und Ungustls nicht mehr los. Skocik unterstreicht dieses Image auch heute durch seine Pseudo-Designer-Dienstkleidung, inklusive wichtiger Accessoires: Handy, Pager und ein Sony-Diktiergerät, dem er mit unerträglich ätzender Stimme seine neuesten Erkenntnisse anvertraut:

»Tatort gesichert. Mit praktisch 100 Perzent Wahrscheinlichkeit ein Mord. Opfer ist eine Weiße, wahrscheinlich um die dreißig … und rote Haar. Peep-Show-Modell, wahrscheinlich a Hur – eine Prostituierte. Laut Leichenstierer is des Ableben der Toten höchstens a halbe Stund her. Schreite nun zur Befragung der Zeugen. Skocik Ende.«

In der *Live Girl Revue* tummeln sich mehr Männer als zu dieser Tageszeit üblich. Eine Hundertschaft an Ermittlern, Kriminaltechnikern, Ärzten und Sanitätern hat das Etablissement abgeriegelt, nimmt Personalien auf und gibt sich alle Mühe, die Spuren des Täters nicht zu verwischen.

Einige der Kabinenfenster zur Tanzfläche wurden im offenen Zustand fixiert, nachdem Skocik und seine Kollegen es satt hatten, dauernd Zehner einzuwerfen. Dahinter liegt die Rikki immer noch splitternackt in ihrem Blut und wird von einem gelangweilten Fotografen aus allen möglichen Blickwinkeln geblitzt. Drei leichtgeschürzte Mädchen, die ein Beamter aus der Künstlergarderobe abgeholt hat, werfen aus den Augenwinkeln ängstliche Blikke auf ihre Exkollegin. Zur Untersuchung können sie einstweilen nichts beitragen, da sie der deutschen Sprache nur peripher mächtig sind.

»Oje«, raunt der Trainer dem Doc ins Ohr und deutet dabei auf den Kommissar. »Den kenn ich. Und er kennt uns auch.« Er nimmt Trash am Arm und zieht ihn zu der Ramschkiste mit den Erotik-Schnäppchen. »Wir müssen so tun, als ob wir ganz normale Spechtler wären.« Dann fängt er in den Video-Sonderangeboten zu wühlen an.

Aber zu spät. Skocik hat die beiden privaten Ermittler im Halbdunkel des Foyers bereits ausgemacht und kommt nun forschen Schrittes auf sie zu. Ein eiskaltes Lächeln umspielt seine dünnen Lippen.

»Tag, die Herren«, schnarrt er und baut sich vor dem Trainer auf, der unangenehm berührt einen Schritt zurückweicht. »Na, wo hamma denn heute meinen ganz speziellen Freund von der Ostbahn?«

»Dienstreise«, sagt der Trainer knapp.

»Dienstreise. Verstehe«, sagt Skocik zu sich oder seinem Diktiergerät. »Und selbst? Was verschlagt einen wie Ihnen in so eine Blashütten?«

»Ich versteh ned …«

»Sind Sie geschäftlich da oder privat?«

»Mehr privat«, sagt der Trainer und wirft dem Doc einen hilfesuchenden Blick zu. Sein nervöses Magengrimmen hat zeitgleich mit Skociks Auftritt wieder mit voller Wucht eingesetzt.

»Samenhochstand? Verstehe«, sagt Skocik und stößt einen Lacher aus, der sich abstoßender anhört als der einer Hyäne mit Luftröhrenkatarrh. »Aber da kanns einem ziemlich rasch vergehen bei dem Anblick da drinnen. Hab i ned recht? Sie kennen ned zufällig die Tote?«

»Das kann man so ned sagen«, sagt der Trainer. »Ich mein, ohne Gesicht ...«

»Sie samma doch auch schon einmal untergekommen«, wendet sich Skocik abrupt und unvermittelt an den Doc – ein Vernehmungstrick, den er sich aus den amerikanischen Lehrvideos abgeschaut hat, mit denen er seine dienstfreie Zeit verbringt.

»Nicht, daß ich wüßte«, hält sich der Doc bedeckt.

»Das ist der Doktor Trash«, macht der Trainer bekannt.

»Doktor Trash«, wiederholt Skocik für sein Diktaphon. »Mit ›e‹?«

»Na. Mit Vogel-Vau«, murmelt der Trainer. »Dauert das noch länger? Weil der Herr Doktor und ich hätten einen wichtigen Termin.«

»Hoffentlich erst morgen«, meint Skocik, und sein Lächeln ist noch eine Spur eisiger als vorhin. »Weil heut machen wir nämlich eine kleine Spritztour. Zu mir ins Office. Die ganze Belegschaft. Und dort werden wir ein Protokoll aufnehmen, wo Sie und Ihr Kollege erzählen, was wirklich Sache is. Weil Schmähführen könnts mit wem andern!«

***

Eine Stunde später sitzen Trainer, Trash und die beiden anderen Augenzeugen vor Skociks Vernehmungszimmer im Wiener Sicherheitsbüro. Der leitende Ermittlungsbeamte hat seine Arbeit mit dem Polifka Rudl begonnen, wohl weil dieser in einem Maße dem Weinbrand zugesprochen hat, daß bei längerer Wartezeit ein vorzeitiger Knock-out zu befürchten war.

Aus dem Büro ist gelegentlich Skociks durchdringendes Organ zu hören. Auf dem Gang herrscht nachdenkliches bis betretenes Schweigen.

»Tschuldigen. Föhrenbauer, Hubert«, wendet sich der junge Mann, der vorhin in der *Live Girl Revue* vor Publikum die Hosen runtergelassen hat, mit weinerlicher Stimme an den Trainer. »Furchtbar peinlich, das Ganze. Was glauben Sie, wie lang wird denn das noch dauern?«

»Schaut ned gut aus«, sagt der Trainer. Seine Gedanken pendeln schon die längste Zeit zwischen der toten Rikki und seiner liebreizenden Sachbuchhändlerin, die er eigentlich jetzt am Nachmittag anrufen wollte, um ihr was Sehnsüchtiges ins Ohr zu raunen.

»Wissen Sie«, raunt stattdessen sein Sitznachbar, »ich hab mir heut extra den Nachmittag freigenommen, in der Firma. Die Gattin wartet daheim auf mich, weil wir zum Ikea hinausfahren wollten – neue Vorhänge besorgen fürs Kinderzimmer. Ich weiß gar nicht, wie ich das alles der Gerda erklären soll. Die Gerda ist nämlich meine Frau.«

Er fischt seine Brieftasche aus dem Sakko, klappt sie auf und hält dem Trainer ein Foto unter die Nase, das die blasse Ehegattin im Kindbett zeigt.

»Blede Gschicht«, sagt der Trainer nach einem uninteressierten Blick auf das Familienbild. »I glaub, die Schwedenmöbel könnens für heut vergessen.«

Er raucht sich eine an und hofft, daß der Polifka Rudl sich noch so weit unter Kontrolle hat, daß er sich nicht verredet. Aber besonders optimistisch ist er nicht.

***

»Mordsache Erika Horvath, Vernehmung von Polifka Rudolf, Tatzeuge«, bellt Gruppenleiter Skocik ins Diktiergerät. Dann zündet er sich eine leichte Camel an, beugt sich vor und bläst seinem Gesprächspartner den Rauch ins Gesicht. Noch so ein amerikanischer Vernehmungstrick, um gleich von Anfang an die Machtverhältnisse klarzustellen.

»Also: Wer sind Sie, woraus besteht Ihre Tätigkeit in der Revue – und was haben Sie gsehn von dem Mord?« fragt Skocik den Polifka Rudl.

»Na, gar nix hob i gsehn – war ja stockfinster«, antwortet der mit schwerer Zunge. »Außerdem bin i draußn gsessen, weil i Zehner wechseln muaß und aufpassen, daß sich die Herren anständig aufführen. Auf die Tanzfläche hob i ned schaun können. Da brauchert i jo an Röntgenblick, so wie seinerzeit der Ray Milland in dem Film mit dera … na, wia hats ghaaßn …?«

»Schweifens gefälligst ned ab, Polifka!« unterbricht der Kriminalist die filmhistorischen Überlegungen seines Gegenübers. »Sie brauchen garantiert ned durch die Wand schauen können, um den Tatort einzusehen. Ich weiß doch, Sie haben einen Videoüberwachungsmonitor in Ihrem Kobel!«

»Des waaß i selber a«, meint der Polifka Rudl. »Aber glaubns, do schau i acht Stunden lang ununterbrochen eine? In mein Alter? Mit meine Augen? Do miaßt i jo a Volltrottel sein. ›Ein gelegentlicher Blick reicht aus‹, hat der Chef gsagt, und an des halt i mi. Gibt eh nix zum Sehn, außer nackerte Weiber, und da gwehnans Ihna schnell dran. Außerdem: Abgsehn von der Rikki san die Madln, de wos wir in der Revue habn, jo gar ka Vergleich mit echte Ladys. Denkens doch nur an die Rita Hayworth in ›Gilda‹, Herr Inspektor …«

»Sag amoi, bist du völlig vertrottelt, du alter Bsuff?!« zischt Skocik plötzlich mit gefährlich leiser Stimme. Er beugt sich über den Tisch, packt den Polifka mit beiden Händen am Krawattl und haucht ihm aus nächster Nähe seinen Mundgeruch ins Gesicht. »Paß auf, i frag di jetzt zum letzten Mal: Hast du den Mord beobachten können oder ned? Und wenn dir ned stantepede a vernünftige Antwort einfallt, darfst ein paar Tag lang in an Einzelzimmer mit Gittertapeten drüber nachdenken.«

»I hab Ihnen doch scho gsagt, daß i überhaupt nix gsehn hab«, sagt der Polifka, dem schon bei der Aussicht, die kommende Nacht ohne seine Fluchtachterln verbringen zu müssen, ganz schlecht wird. »Um die Zeit is doch nie was los bei uns, da paßt ma ned so auf. Die meisten Herren kommen in der Mittagspause, und dann is bis viere oder fünfe recht ruhig.

Die Rikki war scho die längste Zeit auf der Drehscheibn. Des hat ihr eh ned paßt, daß so lang tanzen muaß, weil sies in letzter Zeit so mitn Kreuz ghabt hat, aber bitte. I hab jedenfalls grad no gsehen, wies ihr Hoserl auszogen hat – des mitn Schlitz, Modell im Schritt offen, freie Fahrt ins Glück, wissens eh … und dann hab i a paar Minuten lang Wechselgeld zählt. Ghört hat ma jo a nix … bis der ane Herr aus der Kabine kommen is und gspieben hat wia a Reiher.«

»Ist Ihnen zur Tatzeit irgendwas anders aufgfallen? Irgendwelche verdächtigen Personen?« Skocik hat wieder zu seiner professionell-coolen Form zurückgefunden, aber da hat er beim Polifka Rudl, der wegen dem »alten Bsuff« zutiefst beleidigt ist, wenig Glück.

»Verdächtige Personen«, wiederholt der Verhörte höhnisch. »Des is guat. Da miaßt jo aner a Houdini sein, damit er die Rikki durch die Panzerglasscheibn hätt umbringen können. Und sonst gibts kan Weg für die Kundschaft in den Künstlerbereich, ned amoi bei de Solokabinen. Aber die waren eh alle frei …«

»Wurscht!« tobt Skocik. »Wer war do?«

»Na hearns, Sie hams eh alle mitgnommen, die Personen, de wos do warn«, sagt der Polifka Rudl. »I war jo höchstens a paar Sekunden außer Gefecht, und dann hab i alles abgriegelt, damit kaner mehr eine oder auße kann. Genau wie der Maigret immer …«

»Wer is des? War der auch da?«

»Aber gehns, der is doch längst gstorbn … Passens auf: Außer mir waren genau vier Herren anwesend: der mitn empfindlichen Magen, dann der ältere Herr, der neben der Anzeigetafel gstandn is und gwart hat, bis die Carmen drankummt, und natürlich der Herr Trainer und sei Freund, der Doktor Fesch.«

»Der heißt Dresch! Konzentrierens Ihnen!«

»Dresch, Fesch, is doch wuascht. Des Blede war nur, daß die zwa ihren Freund, den Herrn Ostbahn, ums

Arschlecken verpaßt habn. A Minuten, bevor die kumman san, is er aussegrennt zu sein Taxi, weil er wegmiaßn hat. A Dienstreise.«

»Aha – der Ostbahn?!« freut sich Skocik. »I habs jo gwußt. Na, da wern seine Haberer jetzt aber an ziemlichen Erklärungsbedarf habn …«

***

»Kann ma da eigentlich irgendwo telefonieren?« eröffnet der Trainer seine Befragung mit einem persönlichen Anliegen.

Skocik wollte auch ihn mit seiner milden Camel-Nummer überraschen, aber die Anfrage des Trainers bringt ihn aus dem Konzept.

»Nein«, sagt er und parkt Zigaretten und Feuerzeug wieder vor sich auf dem Schreibtisch. »Wir san ned in Amerika. Und wer nix zum Verbergen hat, braucht auch keinen Anwalt. Ich schätze, Sie sehn des ganz ähnlich wie ich, oder täusch ich mich da?«

Trainer und Doc haben sich vorhin auf dem Gang darüber geeinigt, dem widerlichen Ermittler möglichst wenig Angriffsfläche zu bieten und auf Anfrage ziemlich nah an der Wahrheit zu bleiben.

»Ich wollt ned mein Anwalt anrufen, sondern eine ferne Bekannte«, sagt der Trainer, der ein einziges Mal in seinem Leben auf juristische Hilfe angewiesen war und seit dieser bitteren Erfahrung beschlossen hat, in Hinkunft darauf zu verzichten.

»Damit wir uns gleich von Anfang an richtig verstehn«, zieht Skocik langsam und genüßlich sein As aus dem Ärmel. »Der alte Tschecherant, der Polifka Rudolf, hat mir grad eröffnet, daß mein ganz spezieller Freund, der Herr Doktor Ostbahn, kurz vor Antritt einer angeblichen Dienstreise auf einen Sprung in der Peep-Show war. Sicher ned aus einer hormonellen Notlage heraus, oder? Also: Was rennt da zwischen dem Ostbahn, der rotschädlerten Horvath, dem Doktor Dresch und Ihnen? A Viererziegel oder was? Und kommens mir ned mit an Zufall. Den spielts bei mir nämlich ned.«

»Alles klar«, sagt der Trainer, von Skociks Wissensstand in die Enge getrieben. Und dann umreißt er in knappen Worten, was sich seit der vormittäglichen Nachricht auf seinem Anrufbeantworter ereignet hat.

»Und wieso ruft die Horvath ausgerechnet den Herrn Ostbahn an, wanns massive Bröseln hat? Könnens mir des vielleicht auch noch erklären?« erkundigt sich Skocik.

Der Trainer kann. Und tut es auch, um der höchst unangenehmen Gesprächssituation so rasch wie möglich zu entkommen. Er berichtet einem plötzlich andächtig lauschenden Skocik, daß die selige Rikki die unehelich geborene Tochter der Rosalia Horvath war, seinerzeit Betreiberin des legendären *Espresso Rosi* in Simmering.

Das übel beleumundete Café war bis zu seiner behördlichen Schließung im 78er Jahr das Hauptquartier der Ostbahn-Partie, und die Rikki – damals noch ein halbes Kind – war stets mit von dieser Partie. Nach Ende der goldenen *Rosi*-Ära hat man sich etwas aus den Augen verloren. Die Rosi selbst war anschließend viele Jahre in der Partnervermittlung tätig (»*Petit Fleur.* Nix Genaues weiß man nicht.« O-Ton Trainer), und die Rikki scheiterte nicht nur am Gymnasium, sondern gleich danach auch in einer Hals über Kopf geschlossenen Ehe mit einem Marktfahrer namens Erwin.

Obwohl diesem Lebensbund keine Kinder entsprungen sind, war die Scheidung die Hölle. Der zu gewalttätigen Ausbrüchen und alkoholischen Exzessen neigende Ex bedrängte die Rikki noch lang nach Beendigung des Verfahrens mit telefonischen Drohungen und polizeilich aktenkundigen Eifersuchtsattacken.

In diesen Jahren war das Fräulein Horvath – sie hatte nach der Trennung wieder ihren Mädchennamen angenommen – im florierenden Institut ihrer Frau Mama tätig. Mit dem dort Angesparten eröffnete sie vor vier Jahren eine Boutique, die ebenfalls *Petit Fleur* hieß. Der Laden ging vorigen Herbst pleite. Die Versuche, den finanzmaroden Kleinbetrieb zu retten, brachten der Rikki nix als einen Berg privater Schulden, und die trieben sie letztlich zurück in die Halbwelt, der sie mit ihrer Boutique eigentlich für immer entkommen wollte. Um ihre Darlehen und Kredite zurückzahlen zu können, arbeitete die Rikki rund um die Uhr: tagsüber in der *Live Girl Revue* und nachts im neuen *Espresso Rosi* ihrer Mutter, einer diskreten Singles-Bar im Liebhartstal.

»Der Kurtl hat der Rikki immer geholfen, so gut es geht«, schließt der Trainer seine Ausführungen, »aber er war nie mehr zu ihr als ein väterlicher Freund.«

»Rührend«, sagt Skocik und bläst dem Trainer den Rauch seiner Camel light ins Gesicht. »Wer des glaubt, glaubt alles.«

***

Draußen auf dem Gang läßt sich der vom Verhör geschwächte Polifka Rudl schwer neben »Doktor Fesch« auf die Holzbank fallen. Ein Blick auf das abweisende Gesicht seines Sitznachbarn genügt jedoch, um ihn von jeglichem Kommunikationsversuch abzubringen. Ein anderes Opfer muß her – und ist in dem älteren Peep-Show-Kunden, der auch noch auf seine Vernehmung wartet, schnell gefunden.

»Na, der Herr«, redet der Polifka den Unglücklichen über den Doc hinweg an, »die Carmen werma heit wahrscheinlich nimmer tanzen sehn, was? Aber morgen is jo a no a Tag.«

Der Angesprochene weicht vor der Alkoholfahne zurück, die ihn aus eineinhalb Metern Entfernung anweht. »Unmöglich, der Kerl«, wendet er sich an Doktor Trash. »Gestatten, Pokorny. Gustav Pokorny. Sie schauen aus wie ein Mensch, mit dem man sich kultiviert unterhalten kann.«

Der Doc zuckt nur die Achseln.

»Na sehn Sie, ich habs doch geahnt. Ich hab natürlich auf keins von diesen schamlosen Weibern gewartet, müssen Sie wissen. Ganz im Gegenteil – wenns nach mir geht, können sich die alle bald um einen anderen Arbeitsplatz umschauen. Ich bin nämlich Gründungsmitglied des Vereins ›Sauberes Österreich – Anrainer gegen den Pornotempel‹ und habe dieses Schmuddeletablissement nur aus Gründen der Recherche betreten. Uns ist zu Ohren gekommen, daß dort möglicherweise Gewalt- und Kinderpornos verkauft werden, und sowas kann man ja nicht zulassen. Da gehört doch die Anzeige gemacht, oder?«

»Warum fragen Sie das ausgerechnet mich?« antwortet Trash höflich, aber gelangweilt. »Ich war ja selbst nur in Sachen Feldforschung unterwegs. Prinzipiell bin ich aber gegen jede Art von Zensur – auch wenn sie von offenbar wohlmeinenden Bürgern wie Ihnen ausgeübt wird.«

»Na, entschuldigen Sie!« ruft der Moralhüter empört aus. »Sind Sie etwa dafür, daß die Schmutz-und-Schund-Mafia ungehindert weiter unsere Jugend verderben darf? Soll man den Mund halten, während diese Kreaturen am laufenden Band Heftln und Videos produzieren, in denen die Würde von Mensch und Tier mit Füßen getreten wird?«

»So a Bledsinn«, mischt sich der Polifka Rudl unaufgefordert in die Diskussion ein. »Die Würde von Mensch und Tier, sagt er. Erstens san wir a Unterhaltungsbetrieb und ka Hundepuff, und zweitens wird bei uns ka Mensch zu irgendwos zwungen – weder die Damen noch die Kundschaft. Und überhaupt, so anständig wern Sie a ned sein, weil i beobacht Ihnen scho seit a paar Wochen. Wer si jedn Tag zwa Hunderter wechseln laßt und a Packl Feh Menthol verbraucht, der tuat ned recherchieren, sondern onanieren. Verstehns mi?«

»Na, erlauben Sie, was fällt Ihnen denn ein!« kreischt Herr Pokorny. »Sie müssen mich mit jemandem verwechseln.«

»I waaß, wos i waaß. Und jetzt gebns a Ruah.«

Doktor Trash hat längst aufgehört, der erregten Unterhaltung zu folgen. Er sinniert. Wenn der Trainer seine Sache gut macht, besteht vielleicht die Chance, daß sie alle bald von hier weg dürfen. Dann könnte er sich endlich seinen häuslichen und sonstigen dringenden Problemen widmen.

Aber besonders optimistisch ist er nicht.

***

»Also, wo is er jetzt auf Dienstreise, Ihr Freund, der Herr Ostbahn?« fragt Skocik – anzüglich wie immer – den Doc und legt dabei provokant die Füße vor ihm auf den Schreibtisch.

»Ich habe keine Freunde. Und hätte ich welche, dann verleugnete ich sie«, kontert Trash.

»Verstehe.«

»Kann ich mir nicht vorstellen. Im Ernst: Über den Verbleib des Kurt ist mir nichts bekannt. Irgendwo im Ausland, vermute ich. Sie können ja am Flughafen nachfragen.«

»Ist längst passiert – aber dort weiß keiner was. Wahrscheinlich reist er in cogito.«

»Ergo sum. Das muß inkognito heißen.«

»Logisch«, blafft Skocik und legt eine Denkpause ein. Er kann es überhaupt nicht leiden, wenn er so einem Siebengscheiten gegenübersitzt, der sich über seine Hauptschulbildung lustig macht. Also zieht er andere Saiten auf.

»Jetzt hörens mir einmal ganz genau zu, Herr Doktor«, sagt er in einem Tonfall, der Glas schneiden könnte. »Es gibt genau zwei Möglichkeiten: Entweder Sie arbeiten ab sofort mit mir zusammen, oder Sie spielen sich weiterhin als Klugscheißer auf. Aber in dem Fall müssen Sie sich auf gröbere Probleme gefaßt machen. Die Lage is nämlich so: Wir haben einen brutalen Mord, wahrscheinlich vorsätzlich. Wir haben einen dringend Tatverdächtigen, der sich kurz vor der Entdeckung der Leiche im Eiltempo vom Tatort verabschiedet hat. Wir haben zwei polizeibekannte Komplizen der verdächtigen Person, nämlich Sie und den sogenannten Herrn Trainer, die sich ebenfalls zur Tatzeit am Mordschauplatz aufgehalten haben. Schaut mir ganz nach einer kriminellen Verschwörung aus.

Wenn Ihnen also noch eine einzige depperte Bemerkung auskommt, lieber Herr Dresch, dann bleiben Sie und Ihr feiner Freund wegen Verdunklungsgefahr bei uns im Sicherheitsbüro, bis Sie schwarz werden. Und nach dem Ostbahn schreib ich eine Großfahndung aus: gesucht wegen Mord, gewalttätig, wahrscheinlich bewaffnet. Hamma uns verstanden?«

»Hundertprozentig«, meint der Doc plötzlich sehr kleinlaut. »Ich wollte Ihnen nicht zu nahe treten.«

»Na also, geht doch.« Skocik grinst boshaft und zündet sich eine Zigarette an. »Dann kömma ja noch einmal von vorn anfangen. Was wissen Sie über den Verbleib des Ostbahn?«

»Der ist dienstlich unterwegs. Irgendwo in Amerika, glaub ich.«

»Aha. Und was könnt der Ostbahn für ein Motiv haben, die Horvath umzubringen?«

»Gar keines, soviel ich weiß. Im Gegenteil: Er wollte ihr helfen.«

»So wie Sie und der Herr Trainer, was? Lauter edle Ritter.«

Der Doc schweigt.

»Na gut, probieren wirs anders«, meint Skocik etwas versöhnlicher, weil er glaubt, den Willen seines Gesprächspartners gebrochen zu haben. »Vielleicht fällt Ihnen was zum Tathergang ein. Wir haben zwar noch keinen Obduktionsbericht, aber der Amtsarzt hat uns bestätigt, daß die Horvath erschossen worden is. Wahrscheinlich mit einer großkalibrigen Waffe – was für einer, wird sich noch herausstellen. Und auf jeden Fall aus allernächster Nähe.«

»Also mit Sicherheit nicht aus einer der Kabinen.«

»Richtig. Die Frage is nur, wie der Täter des gmacht hat. Die drei Ostblockschnallen haben uns über alle möglichen Dolmetscher ausrichten lassen, daß durch ihre Garderobe niemand den Künstlerbereich betreten hat. Einen anderen Zugang gibts aber ned. Und daß der Vibrator keine getarnte Pump-Gun gewesen is, hamma auch schon festgestellt, haha. Was glauben Sie – wie ist der Täter auf die Tanzfläche gekommen? War er vielleicht unsichtbar?«

»Bei allem Respekt, ich bin nicht Ihr Hilfssheriff«, sagt der Doc. »Aus Ihren Aussagen geht für mich nur eindeutig hervor, daß Sie überhaupt nichts gegen uns in der Hand haben. Weder ich noch der Trainer noch der Herr Polifka kommen als Verdächtige in Frage.«

»Na, und der Ostbahn?« brüllt Skocik den Doktor an. »Der ist doch alle Jahre wieder in gewaltsame Todesfälle verwickelt. Des kann doch kein Zufall sein.«

»Da Sie, wie mir scheint, Ihr Fachwissen zu einem Gutteil aus audiovisuellen Medien beziehen, wird Ihnen nicht entgangen sein, daß Zufälle wie dieser dauernd vorkommen. Ich erinnere in diesem Zusammenhang nur an die beliebte Fernsehserie ›Mord ist ihr Hobby‹, mit der agilen Angela Lansbury in der Hauptrolle. Kennen Sie wahrscheinlich eh.«

»Logisch.« Skociks Augen verengen sich zu Schlitzen, weil er vermutet, daß Trash ihn schon wieder zum Narren halten will.

»Dann wissen Sie sicher auch, daß die Protagonistin, eine weitgereiste Krimiautorin, seit mindestens 300 Folgen in Mordkomplotte verwickelt wird, die zufällig immer in ihrer unmittelbaren Nachbarschaft geschmiedet werden. Beim Herrn Ostbahn stellt sich die Lage ähnlich dar. Manchmal folgt das Leben eben der Kunst, und nicht umgekehrt.«

Obwohl im übervollen Aschenbecher noch eine leichte Camel vor sich hin glost, zündet Skocik sich schon die nächste an.

»Wie Sie glauben, Herr Doktor«, meint er und lehnt sich wieder in seinem Drehsessel zurück. »Sie haben ja nicht ganz unrecht. Sie und der Herr Trainer kommen als Mörder wirklich kaum in Frage – zumindest so lang nicht, bis wir herausgefunden haben, wie die Horvath ums Leben gekommen ist. Aber der Ostbahn kommt mir ned so leicht davon. Der bleibt verdächtig, Schluß aus. Und deswegen werden wir auch an ihm dranbleiben.«

Er saugt genüßlich an seiner Camel und bläst traumverloren ein paar Rauchringe in die Luft. Dann schaut er den Doc auf einmal wieder scharf an.

»Und Sie und Ihr Trainer halten sich gefälligst zu unserer Verfügung und verlassen bis auf weiteres die Stadt nicht, verstanden? Wir werden Ihre ganze Blasn sehr genau im Auge behalten. Alsdann, auf Wiederschaun. Garantiert …«

Das ist dem Doc gar nicht recht. Schließlich hat er heute noch einen wichtigen Weg.

Kapitel 3: »Eine fischige Adresse«

»Warum?« stellt der Trainer die Elferfrage und stiert dabei in sein drittes Krügel. »Warum bringt jemand die Rikki um? Und warum ausgerechnet an ihrem Arbeitsplatz?«

Er schüttelt ratlos den Kopf.

Vor einer knappen Stunde haben er und der Doc müde das Sicherheitsbüro verlassen und sich schnurstracks auf den Weg zum Taxistandplatz in der Berggasse gemacht. Aber weit sind sie nicht gekommen – nur bis zum nächsten Beisl. Dort hat nämlich der Polifka Rudl, der sich aus ernährungstechnischen Gründen (»Der Duascht bringt mi um!«) schon bald nach seinem Verhör empfehlen mußte, einen strategisch günstigen Fensterplatz belegt und die beiden abgepaßt.

»Da is doch a Lagebesprechung fällig, meine Herren!« meinte er. »Wie beim Basil Rathbone, Sie wissn eh, wann er den Sherlock Holmes spielt … Indizien, Zeugen, Verdächtige und so weiter. So gscheit wia der Rotzbua von da Heh samma allwäu no!«

Daß so ein Fachgespräch in ein Besäufnis ausarten muß, war von Anfang an klar. Zumindest dem Polifka. Nachdem der schon vorher seinen Branntweinrückstand aufgeholt hatte, läßt er sich jetzt ein Fluchtachterl nach dem anderen bringen. Und sinniert. So wie der Trainer, der momentan alle Antworten im Bier sucht. Selbst Trash, der in Ermangelung seines geliebten Tequila mit dem Hausobstler vorliebnehmen muß, hat sich dem allgemeinen Schweigen angeschlossen. Bei der Lautstärke, mit der

Roberto Blanco aus dem Wurlitzer plärrt, wäre ein vernünftiges Gespräch sowieso unmöglich.

»Grad die Rikki!« jammert der Trainer wieder lautstark. »So ein wertvoller Mensch; ein Engel praktisch!«

»Na, na«, unterbricht der Polifka Rudl den Trauermonolog und hebt mühsam den Zeigefinger. »Jetzt übertreibens oba. Weil, ganz im Vertrauen …« Er beugt sich verschwörerisch vor, und seine Tischgenossen tun es ihm nach. » … A Heilige war die Rikki bestimmt ned, und scho gar ned die Jungfrau Maria. I tät so sagen: a Seel von an Menschen mit an todsicheren Griff fürn falschen Mann. Wie seinerzeit die Liz Taylor in ›Cleopatra‹ – oder war des privat? Aber egal. Sie hats auf jeden Fall ned leicht ghabt mit ihre Mannsbilder, aber sie hat sie sich trotzdem eingebildet. Da war ned mit ihr zum Redn. Nehmens her den Erwin, ihren Gschiedenen. Selbst ein Falott und Puderant erster Ordnung, aber eifersüchtig wie nur was. Der hätt sich oft genug selber ins Kriminal bracht, mit seiner krankhaften Eifersucht. Aber der Erwin, des is viele Jahre aus. Gott sei Dank. Apropos: Geht noch ein Achterl?«

Doktor Trash, der schon die ganze Zeit ungeduldig auf die Uhr schaut, winkt kategorisch ab. Der Trainer ruft gleichzeitig den Ober her und bestellt eine weitere Runde.

»Und in letzter Zeit? Hat die Rikki da irgendwelche sonderbaren Verehrer gehabt?« fragt der Trainer.

Der Polifka blickt sehnsüchtig in Richtung Schank, dann schüttelt er den Kopf.

»Die Rikki hätt können mein Enkerl sein, wann i Kinder hätt …«

»Also was jetzt: ja oder nein?« drängt der Doc.

»Sagns, wos is denn los mit Ihnern Herrn Doktor, dem Fesch?! I sag, wos i waaß, und wü ansonstn nur mei Ruah«, wendet sich der Polifka Rudl aufgebracht an den Trainer.

»Wunderbar«, sagt dieser und verlangt nach der Rechnung, als der Kellner das definitiv letzte Achterl für den Herrn Polifka serviert.

***

Irgendwo in der Meidlinger Mansarde zwitschert penetrant ein Wecker. Der Trainer hat ihn vor dem Einschlafen gut versteckt, damit er in der Früh nicht wieder einfach draufhaut und noch ein paar Stunden Schnarchtraining anhängt. Aber warum? Muß was Wichtiges sein, daß er so früh aufsteht. Irgendwas wegen gestern ...

Plötzlich ist der Trainer putzmunter und springt aus dem Bett. Mit einem Schlag ist ihm alles wieder eingefallen. Er killt die Weckuhr und macht sich in einem Höllentempo ausgehfertig. Der Fall Rikki gehört schleunigst aufgeklärt, sonst konzentriert sich die Polizei wieder auf den Kurtl, und dann geht die ganze Hobbykriminalistik von vorn los, und darunter leidet womöglich die Ausübung des Rock'n'Roll-Handwerks, und diesen Verdienstentgang kann sich der Trainer derzeit überhaupt nicht leisten ... Also auf in die Kirchengasse, der Trash wird's schon richten.

Vorher muß er aber noch Romana anrufen, die in der Grazer Buchhandlung sicher schon ungeduldig wartet. Gestern hat er sich ja nicht mehr zum Telefon greifen getraut, weil er alles andere als nüchtern war.

Nach eineinhalb Stunden Säuseln und Busseln ist der Trainer endlich soweit. Er verläßt das Haus.

***

»Aber natürlich kommen Sie nicht ungelegen«, sagt Bettina, honigblond und sanft lächelnd, zum Trainer.

»Unchristliche Stunde, ich weiß«, entgegnet der verlegen und hält Trashs mysteriöser Leib- und Seelentrösterin ein Anker-Papiersackerl entgegen. »Bitte sehr, frische Semmerln! Ich bin sozusagen zu einem Arbeitsfrühstück da. Is der Doc vielleicht ...«

Wie auf ein Stichwort öffnet sich in diesem Augenblick eine Tür im langgestreckten, halbdunklen Vorzimmer, und der Gesuchte tritt heraus. So aufgelöst wie gestern, nach seinem Computerunfall, schaut Dr. Trash heute zwar nicht aus, aber er ist weiterhin unrasiert und hat seltsame rote Flecken um Mund und Nase.

»Na, lange Nacht ghabt?« begrüßt ihn der Trainer fröhlich. »Wo hast du denn gestern noch so dringend hinmüssen?«

»Ist jetzt unwichtig«, sagt der Doc mit ungewohnt rauher Stimme und räuspert sich ein paarmal. »Ich fürchte, du bist hier, um mich zum Detektivspielen einzuladen. Und ich fürchte, ich werde deine Einladung annehmen müssen. Der Kurt braucht uns jetzt.«

»Meine Rede!« freut sich der Trainer. Er weiß zwar genau, daß sich hinter der ungewohnten Menschenfreundlichkeit des Doktors die reine Lust an der Aufklärung blutiger Gewalttaten verbirgt, aber ihm soll's recht sein. »Also, was machen wir? Erst einmal einen Kaffee, schlag ich vor.«

Am Frühstückstisch wird die Lage ausführlich analysiert.

»Fassen wir zusammen, was wir bisher wissen«, leitet der Doc ein. »Das Fräulein Rikki wurde auf der Tanzfläche der *Live Girl Revue* ermordet. Nur ein Weg führt zur Drehscheibe, und zwar der aus der sogenannten Künstlergarderobe. Die drei dort anwesenden Damen haben niemanden herein- oder herauskommen sehen, und daß sie selbst für den Mord verantwortlich sind, halte ich für ausgeschlossen. Außerdem wäre deinem Herrn Polifka, trotz seines bedenklichen Zustands, garantiert aufgefallen, wenn sich mehrere Personen im Striptease-Bereich herumgetrieben hätten – sogar wenn er den Bildschirm nur aus dem Augenwinkel betrachtet hat. Das menschliche Gehirn registriert bekanntlich jede Veränderung gewohnter Muster.

Meines Erachtens läßt sich unser Mord daher einem klassischen Genre der Kriminalliteratur zuordnen – den sogenannten ›Locked Room Mysteries‹. Kurz zusammengefaßt, handelt es sich dabei um Fälle, bei denen der Verstorbene in einer von innen verschlossenen Räumlichkeit aufgefunden wird, wobei auf den ersten Blick nicht festzustellen ist, wie der Täter nach getaner Arbeit das Zimmer wieder verlassen konnte, ohne Spuren zu hinterlassen. Schon die erste Detektivgeschichte überhaupt, Edgar Allan Poes ›Die Morde in der Rue Morgue‹, behandelte einen solchen Fall.«

»Was haben alte Krimis mit unserem Problem zu tun?« fragt der Trainer und verbeißt sich ein Gähnen.

»Alles – das kannst du mir glauben«, sagt der Doc kryptisch. »Außerdem befasse ich mich lieber mit den Ermittlungsmethoden eines Auguste Dupin als mit denen dieses widerlichen Skocik. Wenn ich fortfahren dürfte … Nach Meinung der Fachwelt existieren genau 20 Lösungsmöglichkeiten, wie jemand in einem scheinbar hermetisch verschlossenen Raum einem Mord zum Opfer fallen kann. Ich gedenke jedoch nur auf die wichtigsten näher einzugehen …«

»Danket dem Herrn!« murmelt der Trainer in seinen Milchkaffeebart, weil er sich schon wieder hoffnungslos überfordert vorkommt.

»Zuerst stellt sich die Frage, ob es sich tatsächlich um einen Mord handelt und nicht um einen Unfall oder gar Selbstmord.«

»Beides kommt in Anbetracht des Zustandes der Horvath wohl nicht in Frage«, wirft Bettina hilfreich ein.

»Genau. Außerdem fand sich am Tatort nichts, das eine solche Verletzung erzeugt haben könnte – also muß die Waffe beseitigt worden sein. Keiner der Peep-Show-Kunden kann der Täter gewesen sein, weil die durch kugelsichere Scheiben vom Ort des Erotikgeschehens getrennt waren. Auch Gift und tollwütige Tiere können wir ausschließen; ebenso die Möglichkeit, daß die Rikki schon vor dem vorgeblichen Tatzeitpunkt tot war und sich jemand als sie ausgegeben hat, um die Polizei irrezuführen.«

»Verstehe«, sagt der Trainer und versteht gar nichts. »Damit wären ja alle Klarheiten beseitigt.«

»Ganz im Gegenteil. Die einzig vernünftige Theorie, die jetzt noch übrigbleibt, ist jene, die John Dickson Carr in seinem Roman ›Der verschlossene Raum‹ anführt. Ich zitiere: ›Es ist Mord, der durch eine mechanische Vorrichtung bewerkstelligt wird, die bereits vorher in dem Raum installiert wurde und unentdeckt in einem unschuldig aussehenden Möbelstück verborgen ist.‹ Da haben wir des Rätsels Lösung.«

»Nur daß es in einer Peep-Show keine Möbel gibt …«

»Egal, dann wurde die teuflische Vorrichtung eben irgendwo anders versteckt. Es liegt an uns, das herauszufinden. Und weil wir keinen Zugang zum Tatort haben, werde ich in den nächsten Stunden mit Hilfe meines Ersatzrechners ins Internet vordringen, um dort Recherchen über die Fortschritte der Polizei in Sachen Spurensicherung durchzuführen.

Du, werter Trainer, könntest dich einstweilen um den Exmann der Verblichenen kümmern. Du weißt schon, besagten Erwin. Vielleicht kann er dir was erzählen, das uns weiterbringt. Wir treffen uns um Punkt 21 Uhr hierorts zu einer weiteren Lagebesprechung.«

Der Trainer seufzt. Wie immer darf er sich um die gefährliche Realität kümmern, während der Doc munter durch virtuelle Welten surft.

Das Leben ist halt ungerecht.

***

Kaum ist es dem Doc gelungen, sich ins weltweite Datennetz vorzuarbeiten, erwartet ihn auch schon eine dringende E-Mail:

»Elektropost an: TRASH, Dr.

Zur gefälligen Kenntnisnahme bitte weiterleiten an: TRAINER

+++

Seawas Trainer!

Wie is die Lage? Was macht die Liebe? Und vor allem: Konnte der Rikki ihr Gwirks zumindest halbwegs gepegelt werden? Sollte die Lage unverändert ernst sein, oder sich gar dramatisch zugespitzt haben (bei solchen Typen weiß man das ja nie!), dann bestell ihr von mir bitte folgendes: Sie kann während meiner Abwesenheit jederzeit in meiner Bleibe in der Reindorfgasse wohnen. Reserveschlüssel liegt bei der Rosi im *Espresso*. Du müßtest übrigens auch noch irgendwo einen Zweit- oder Drittschlüssel haben.

Ich verbringe diese Nacht in New Orleans, wo der Begriff Luftfeuchtigkeit für den Ortsunkundigen eine völlig neue, echt teuflische Bedeutung bekommt, und flüchte morgen gleich in der Früh in die Swamps. Melde mich (telefonisch) vom erstbesten Motel, das seine grindigen Zimmer auch an sporadische Raucher vermietet.

Gruß auch an die Burschen von der Kombo und den Doc,

OSTBAHN.«

***

Die *Live Girl Revue* hat heute geschlossen. »Wegen dringender Renovierungsarbeiten«, lügt das handgeschriebene Schild an der Pforte des Lusttempels. Drinnen, vermutet der Trainer, der seine froschgrüne Rostlaube auf der Fahrt zu Rikkis Exehemann kurz im Parkverbot am Gürtel abgestellt hat, sind nach wie vor Skociks kriminaltechnische Schergen erfolglos am Werk. Bleibt ihm also nichts anderes übrig, als den Polifka Rudl telefonisch zu kontaktieren, um mehr über den Ex der Ermordeten herauszufinden.

»Der Erwin? Sans jo vorsichtig mit dem«, gibt ihm der Polifka gleich einleitend zu bedenken. »Wann der den Namen Rikki hört, dann hauts dem Narrn ewentunnel alle Sicherungen auße!«

»Verstehe«, sagt der Trainer, und sein nervöses Magengrimmen setzt wieder ein. »Wissen Sie eigentlich, wo er wohnt und wie er mit Familiennamen heißt?«

Mit Erwins Adresse hat der ehemalige Kinobilleteur kein Problem: »Sowieso. Rauchfangkehrergassen, gleich vorn beim Sparkassenplatz. Aber die Hausnummer dürfens mi jetzt ned fragn. Es is jedenfalls des Haus, wo seinerzeit die Lottokollektur drinnen war, und später dann die *Nordsee*. Ned zum Verfehlen.«

»Also eine Fischhandlung.«

»No na, des gleichnamige Meer! Logisch die Fischhandlung. Aber des war ja lang vor Ihrer Zeit, Herr Trainer«, meint der Polifka und gerät sogleich ins Schwärmen, denn schließlich hat dort seine langjährige Flamme, das »Fräun Erna«, gearbeitet.

»Wunderbare Person. Eine wirklich resche Frau. Wie seinerzeit die Anna Magnani in ›La Dolce Vita‹, wenns wissen, was i man.«

Das Fräulein Erna hatte nur ein Manko, das über kurz oder lang aber alle Verehrer in die Flucht geschlagen hat: »Die Erna hat immer eiskalte Händ ghabt. Sogar im Hochsommer. Und bei ihr daheim – a wirklich adrette Wohnung oben in der Dadlergassen - hats Jahr und Tag a Griacherl ghabt wie hinter der *Nordsee*-Budel. Auf die Dauer halt sowas ned amoi a Fischfreund aus. Im 63er Jahr wirds gwesen sein, aber i kann mi a irrn, da hab i beim Nino, im Eissalon, zu ihr gsagt: Erna, hab i gsagt …«

Aber so genau will der Trainer das alles gar nicht wissen. »Und der Familienname?!« unterbricht er.

»Von der Erna?«

»Aber nein, vom Erwin.«

»Was für Erwin? A so, waaß scho wieder. Wartens … Hammer. Irgendwas mit Hammer. Wie der Mike Hammer. Aber länger. Schwinghammer vielleicht. Oder Lillehammer. So in der Art. Fragens mi ned. Man kann schließlich ned ollas wissen. Aber sans vorsichtig, Herr Trainer, der Erwin is ka Guata!«

Der Trainer preßt die Hand auf die Magengegend, verzieht das Gesicht und besteigt wieder seine Rostlaube. Dann staut er sich den äußeren Gürtel und die Linke Wienzeile entlang in Richtung Rauchfangkehrergasse.

***

Die Rollbalken der ehemaligen *Nordsee*-Filiale rosten seit mindestens zwei Jahrzehnten vor sich hin. Auch sonst macht die graue Zinskaserne einen dringend renovierungsbedürftigen Eindruck.

Der Trainer hält im dunklen Stiegenhaus Ausschau nach einem Mieterverzeichnis und wünscht sich klammheimlich, auf diesem keinen Bewohner mit »Hammer« im Namen zu finden.

Aber leider: ein ziemlich verblaßtes, aber noch deutlich lesbares Schildchen weist auf Stelzhammer, Erwin, 1. Stock, Tür 7 hin.

»Scheiße«, murmelt der Trainer. Als er die schmale Treppe hinaufsteigt, überlegt er kurz, wieder kehrtzumachen und sein Nervenkostüm beim nächsten Wirten mit zwei bis drei Krügeln zu glätten. Aber dann obsiegt sein Pflichtbewußtsein. Da mußt du durch, betet er sich vor, das bist du dem Kurtl, dem Doc und vor allem der toten Rikki schuldig. Amen.

»Tag, bin ich da richtig bei…«, hebt der Trainer mit stark belegter Stimme an, als er vor der 7er-Tür (mit dem »I-Rotes-Herz-Sportclub«-Aufkleber) einem solariumsgebräunten Henker gegenübersteht. Der Muskelmann trägt einen Schnauzbart und ein absolut herzloses Lächeln im Gesicht.

»Jetzt scho? Hamma ned gsogt um drei?« begrüßt er den Trainer und gönnt ihm keine Nachdenkpause. »Wurscht. Kumm eine!«

Und schon steht der überraschte Privatermittler in einer Wohnküche, Baujahr zirka 1972, also spätes Resopal, und hinter ihm fällt die Tür ins Schloß.

Erwin Stelzhammer trägt so einiges an seinem beängstigend gestählten Körper, das den Trainer in einer weniger heiklen Situation dazu veranlassen würde, die Straßenseite zu wechseln: eine knallblaue Jogginghose mit roten Rennstreifen, ein ärmelloses weißes Rippleiberl, dessen dunkle Flecken auf der breiten Brust den Träger als militanten Rotweintrinker ausweisen, und eine massive Goldkette um den Hals, komplett mit einem goldenen Christus am Kreuz und einem Ehering. Den linken Unterarm ziert eine Meerjungfrau, den rechten Bizeps ein blutendes Herz und der Name Sonja.

»Besuch für mich?« tönt eine schrille weibliche Stimme aus dem Nebenzimmer. »Bin gleich da!«

Jetzt kennt sich der Trainer überhaupt nicht mehr aus.

Kapitel 4: »Kondolenzbesuch im Single-Treff«

»Wunderbar«, denkt der Trainer und meint, wie so oft, genau das Gegenteil.

Ein unangekündigter Besuch bei einem als jähzorniger Gewalttäter bekannten Typen wie dem Erwin Stelzhammer – sowas kann ja nur zu bösen Überraschungen führen. Und mit denen kann der Trainer nicht wirklich umgehen. Seine langjährige Praxis als nebenberuflicher Privatermittler hat ihn gelehrt, die Grenzen seiner Belastbarkeit zu akzeptieren: Böse Überraschungen erlebt er am liebsten per Telefon, bei einem kleinen Bier im *Café Rallye* oder im Cockpit von Doktor Trashs Datenzentrale in der Kirchengasse. Hautnah und vor Ort – das ist des Trainers Sache nicht. Man ist ja schließlich nicht der Philip Marlowe.

Und deshalb macht er jetzt auch in der resopalen Tristesse von Erwins Substandard-Küche alles andere als eine souveräne Figur.

»Äh, ich wollt eigentlich ...«, versucht er zaghaft, die Situation in den Griff zu kriegen. Aber der Erwin läßt ihm keine Chance. Er legt ihm amikal seine rechte Pranke auf die schmale Schulter und meint: »Erledig ma zuerst des Geschäftliche. Also, wie telefonisch besprochen: französisch macht 400,–, Fullservice kummt auf 700,–, und diverse Extras kosten extra. Logisch, ned?«

Erwin lacht. Und dem Trainer wird langsam, aber sicher der Ernst der Lage bewußt. Der Marktfahrer ist mit seinem eigentlichen Beruf anscheinend nicht ausgelastet und verdient sich ein Zubrot, indem er eine Gunstgewerblerin mit durchdringender Stimme managt.

»Und noch was«, sagt der Erwin und nimmt seine Riesenpratze endlich wieder von der Trainerschulter. »Bei der Sonja is alles möglich – aber nix ohne. Alles klar?«

»Alles klar«, krächzt der Trainer. Er will hier nur raus, heim in seine Meidlinger Mansarde. Aber momentan schaut's gar nicht gut aus, wie der Doc zu sagen pflegt. Denn die Tür zum Nebenzimmer fliegt auf, und Sonja – eine in die Jahre gekommene Zellolita mit roten Dessous, schwarzen Strümpfen und rosa Pantoffeln – betritt die Szene.

»Servas, Schatzi«, sagt sie und grinst mindestens genauso herzlos wie ihr Finanzberater. Ihr Lächeln enthüllt, daß ein Zahnarztbesuch dringend anzuraten wäre. Aber der Trainer beschließt, sich gute Ratschläge zu ersparen, zückt wie in Trance seine Geldbörse und überreicht dem Hausherrn seinen vorletzten Tausender.

Als der Blaue im Hosensack der Trainingskluft verschwunden ist, wünscht Erwin dem Trainer »gute Verrichtung« und meint im Abgehen zu seiner Sonja: »I bin drüben beim Ernstl, auf a Hülsen. Wann was sein sollt, du waaßt eh …«

»Was soll scho sein mit uns zwa Hübschen?« meint Sonja, hakt sich bei ihrem unfreiwilligen Kunden unter und entführt ihn an ihren Arbeitsplatz.

***

Dem Trainer jagen jede Menge halbgare Überlegungen durch den Kopf, während die Gürtelschnalle mit geübter

Hand sein Hemd aufknöpft und sich an seiner Gürtelschnalle zu schaffen macht.

»Ich wollt eigentlich nur reden«, sagt er mit kläglicher Stimme.

»Mit mir kannst über alles reden«, meint die Liebesdienerin anzüglich. »Wie denn am liebsten – französisch oder griechisch? Sag!«

Der Trainer sagt gar nichts. Stattdessen versucht er einen klaren Gedanken zu fassen, während Sonja beim Zippverschluß seiner Jeans angelangt ist, den sie mit einem fachkundigen Ruck öffnet.

»So, jetzt leg di nur hin und tu relaxen! Den Rest erledig ich«, verspricht sie. Aber der Trainer will sich weder auf der Profiliege entspannen noch die Fremdsprachenkenntnisse seiner Gastgeberin erforschen. Also zieht er ihre Hand aus seiner Hose und geht abrupt auf Distanz.

»Was is los mit dir, Schatzi?!« erkundigt sich Sonja und mustert ihn skeptisch.

»Nix. Das Ganze ist ein Mißverständnis. Ich wollt eigentlich mit dem Erwin reden.«

»Mit welchem Erwin?«

»Na, der Erwin halt. Stelzhammer.«

»Und wer, bitte, soll des sein?« erkundigt sich Sonja. Dann steigt sie aus dem Bett und geht zur Tür. »Also entweder du willst mi höscherln, oder du bist a Kieberer oder gar a Perverser. Weil ganz dicht in der Birn bist du für mi ned!«

Mit diesen Worten rauscht sie ab in die resopale Wohnküche, wohl um ihren muskulösen Manager telefonisch um Rat zu fragen. Die Vorstellung, von einem Erwin, der gar kein Erwin ist, mit offenem Hemd und ebensolchem

Hosenschlitz aus dem Haus geprügelt zu werden, läßt den Trainer zur Höchstform auflaufen. In Windeseile ist er wieder korrekt bekleidet und verläßt grußlos, aber schnellen Schrittes die Absteige.

Er hirscht soeben zur Treppe, als die Tür der 5er-Wohnung auffliegt. Der falsche Erwin und ein weiteres Muskelpaket, das sein jüngerer Bruder sein könnte, treten heraus.

»Gibts a Problem?« erkundigt sich der Bruder.

Der Trainer winkt mit beiden Händen ab: »Alles paletti. War nur eine Verwechslung. D'Ehre, Burschen. Und nix für ungut, gell!« Dann rennt er los, die Stiegen hinunter, durch die finstere Hauseinfahrt hinaus auf die Straße.

»Hast dei Puffn einstecken, Ernstl?« hört er in seinem Rücken den falschen Erwin fragen. Und ein paar Augenblicke später die Antwort: »Na, aber des Arschloch bau ma a ohne Kandl um auf a Nochtkastl!«

Im grellen Schein der Nachmittagssonne überlegen es sich die beiden Verfolger offenbar anders. Denn als der Trainer außer Atem die Tür seiner froschgrünen Rostlaube zuschlägt, steht das Muskelduo vor dem traurigen Portal der einstigen Fischfiliale und zeigt ihm grimmig die ausgestreckten Mittelfinger.

***

Neun Uhr abends. Dr. Trash hat sich inzwischen rasiert und präsentabel gemacht. Trotzdem geht ein seltsamer Geruch von ihm aus. Das Fräulein Bettina, das mit den beiden Herren in ihrer Wohnküche sitzt, rümpft ihr entzückendes Näschen, grübelt kurz vor sich hin und schüttelt dann den Kopf. Dem Trainer, der seine aufregende Exkursion in die Rauchfangkehrergasse noch nicht ganz verdaut hat, sind solche Feinheiten fremd.

»Warst du vielleicht beim Zahnarzt, Doc – einmal Reißen und Abschleifen?« erkundigt er sich frohgemut. »Oder kriegst du dein After Shave jetzt direkt von der ÖMV?«

»Was soll das heißen?«

»Naja, du riechst ein bisserl streng. Irgendwie chemisch.«

Trash hüstelt verlegen.

»Das kommt wahrscheinlich von diesem ekelhaften Löschschaum«, meint er. »Schließlich war ich ein paar Stunden lang in meiner Wohnung unten. Ein deprimierender Anblick – was der Brand und die Feuerwehr nicht vernichtet haben, das stampfen die Handwerker in Grund und Boden. Und gestunken hat's auch. Wer weiß, was diese Menschen treiben ...«

»Verstehe. Macht ja nix. Man gewöhnt sich an alles«, sagt der Trainer, nur um irgendwas zu sagen. Und dann berichtet er den beiden Stubenhockern in aller Ausführlichkeit von seinen Außendiensterlebnissen.

»Da müssen wir ja dem Herrgott danken, daß Sie so glimpflich davongekommen sind«, strahlt die freundliche Gastgeberin den Trainer an, als er mit dem Erzählen fertig ist. »Mir ist lieber, Sie sitzen jetzt an meinem Tisch, als daß Sie morgen vor mir am Tisch liegen.«

»Wie meinen?« murmelt der Trainer verblüfft

»A blede Gschicht, um mit dem Kurtl zu sprechen«, unterbindet der Doc jede weitere Diskussion. »Bisher haben wir also weder einen Verdächtigen noch sonstige weiterführende Informationen. Meine Recherchen haben nämlich auch nichts ergeben – wahrscheinlich deshalb, weil unsere Polizei immer noch mehr mechanische Schreibmaschinen benützt als Computer. Wenn wir wenigstens wüßten, mit welcher Waffe die Tat begangen wurde …«

»Die Horvath wurde von einem großkalibrigen Geschoß getötet, das wahrscheinlich aus nächster Nähe in ihr Gesicht abgefeuert wurde und sofort danach explodiert ist«, mischt sich Bettina ein. »Dadurch erklärt sich auch das Ausmaß der fazialen Verstümmelung. Ob es sich um eine Gewehrpatrone oder eine Revolverkugel gehandelt hat, konnte bisher nicht festgestellt werden, da interessanterweise keinerlei Metallrückstände, sondern nur Spuren des Sprengmittels gefunden wurden. Höchst ungewöhnlich.«

Dem Trainer fällt fast die Bierflasche aus der Hand. Er starrt fassungslos in Bettinas unschuldig lächelndes Gesicht und wendet sich dann fragend dem Doc zu.

»Schau nicht so«, sagt der Privatgelehrte. »Sie ist Pathologin – das heißt, noch nicht ganz, aber bald. Und sie hat Freunde in der Gerichtsmedizin.«

»Wir haben uns im Narrenturm kennengelernt«, strahlt Bettina den Trainer an.

»Das paßt«, sagt der nur.

»Blöde Bemerkungen sind hier völlig unangebracht«, rügt ihn der Doc. »Wie jeder weiß, befindet sich im Narrenturm des alten AKH das pathologisch-anatomische Bundesmuseum, einer meiner liebsten Studienorte. Es gibt kaum etwas Aufschlußreicheres als Tod und Krankheit; aber darin erschöpfen sich unsere gemeinsamen Interessen auch schon.«

Der Trainer setzt einen zweifelnden Blick auf. »Wie du meinst«, sagt er. »Aber jetzt muß ich einmal telefonieren.«

»Graz?« fragt Trash bissig.

»Wirst schon sehen«, gibt der Trainer zurück und schnappt sich den Hörer.

***

»Kumm, Trainer, erspar mir wenigstens du die ganze Suderei. Die hör i heut scho den ganzen Tag. Plötzlich hat jeder mein Rikki gern ghabt, was haaßt: geliebt hams sies! Und jetzt sans alle fassungslos und tief getroffen. Verlogene Bagasch. I sag dir, wias wirklich war: Pudert und danach in Arsch treten hams mei Klane! So schauts aus! Gholfen hat ihr kana von die miesen Haberer. Ausgnutzt schon, aber gholfen ned ein einziges Mal!«

Die Rosi hustet in den Hörer. Der Trainer, der das Telefonat mit einer umständlichen Beileidsbekundung eröffnet hat, schweigt.

Die von unzähligen Halbweltlegenden umrankte Espressobesitzerin, erinnert er sich, hat immer nur gehustet, nie geweint. »Nur nix anmerken lassen«, war stets ihre Devise. Seinerzeit, als Marktamt und Gesundheitspolizei ihr erstes *Espresso Rosi* geschlossen haben, reagierte sie nicht anders. Das Lokal war sozusagen ihr Leben und in den 70er Jahren Hauptquartier der Ostbahn-Partie. Und als der behördliche Bescheid kam, sagte sie nur: »Aus is, Burschen. Aber do muaß ma durch.« Und dann hat sie gehustet.

Die zwei bis drei Schachteln Chesterfield und die vielen Fernet oder Scharlachberg nach dem fetten Essen –

und zu späterer Stunde gegen den Durst – haben ihrem Bellen seine unverkennbare Note gegeben. Inzwischen hat sich die Rosi auf zwei Schachteln Marlboro light runterdosiert, und Magenbitter oder Weinbrand sind aus gastritischen Gründen gestrichen. Ihr Husten und ihre Stimme legen aber noch heute, trotz der selbstauferlegten Zurückhaltung, deutlich Zeugnis ab von fünfundvierzig Jahren Nachtleben der exzessiven Art.

»Weiß eigentlich der Kurtl scho, wos gschehn is?« fragt die Rosi, nachdem sie ihren Hustenanfall mit dem Anzünden einer leichten Marlboro niedergekämpft hat. »Wo steckt denn der Flohbeidl überhaupt?«

»Der is versumpft. In Louisiana«, sagt der Trainer.

»Typisch. Und du? Wann schaust du vorbei?«

»Jederzeit«, meint der Trainer und weiß aus langjähriger Erfahrung, was die Rosi jetzt gleich sagen wird.

»Weil es gibt da ein paar Sachen, über die redt ma ned am Telefon.«

***

Wien-Ottakring. Das sechste *Espresso Rosi* in einer langen bewegten Karriere. In seiner neuesten Inkarnation ist das traditionsreiche Etablissement ein diskreter, charmanter Single-Treff im schönen Liebhartstal. Chet Baker singt »Everything happens to me«. Der Trainer und Dr. Trash haben sich soeben an der Bar eingeparkt und bei der Rosi ihre Wünsche deponiert: einen großen Jameson mit ganz wenig Eis (Trainer), einen Tequila mit Orange und Zimt (Trash). Der Trainer eröffnet seinem immer noch stark nach Chemiewerk duftenden und offenbar in düsteren

Gedanken schwelgenden Ermittlungspartner stolz, daß er für das musikalische Ambiente von Rosis schummriger Plüsch-Bar verantwortlich zeichnet. In nächtelanger Kleinarbeit hat er Cassetten angefertigt, die den kontaktsuchenden Herrn und die nach Zweisamkeit dürstende reifere Dame mit sinnlichen, unaufdringlichen, aber wohlbekannten Melodien umspülen: Anita O'Day, Billie Holiday, LaVern Baker, Frank Sinatra, Antonio Carlos Jobim ...

»Burt Bacharach?« stellt der Doc den Trainer auf die Probe.

»Logo«, lügt der Trainer. »Kommt noch. Und natürlich Jimmy Smith, weil es nach der elektrischen Gitarre kein geileres Instrument gibt als die Hammond-Orgel.«

»Tenorsaxophon«, sagt der Doc und läßt seinen Blick in unbekannte Weiten schweifen.

»Tenorsaxophon«, muß der Trainer zugeben.

Die Rosi stellt die erste Runde vor den beiden Amateurkriminalisten ab.

»Was soll i machen?« wendet sie sich an den Trainer. »Soll i allaa daham hockn und plärrn? Do steh i lieber hinter der Budel und plärr mit meine Gäst.«

Dann hustet sie. Für ihre tote Tochter. Und mindestens fünfundvierzig Jahre Nachtleben.

Während sich der Doc ganz und gar seinem Tequila-Ritual hingibt, schwenkt der Trainer den Eiswürfel in seinem Whiskyglas.

»Über was kann ma am Telefon ned reden?« sagt er leise vor sich hin und schaut interessiert dem Eiswürfel zu, der langsam mit der bernsteinfarbenen irischen Spirituose verschmilzt.

»Die Rikki war bei mir, in der Nacht, bevor des passiert is. Und wia i die Abrechnung gmacht hab in der Fruah, wollts plötzlich den Schlüssel vom Kurtl seiner Wohnung in der Reindorfgassn. Sie hat ned wolln heimgehn. Nicht um die Burg.«

»Verstehe«, sagt der Trainer zu seinem Jameson.

»Und weiter? Was könnte sie dazu veranlaßt haben?« meldet sich der Doc. »Wurde Ihre Tochter bedroht? Hatte sie Angst? Und wenn ja, vor wem oder was?«

Die Rosi bricht mit ihrem Gelübde und schenkt sich einen fürstlichen Scharlachberg ein.

»Wir ham immer vü gredt mitanand, die Rikki und i. Aber ein Thema war zwischen uns tabu, und zwar seit dem Debakel mit dem Erwin: ihre Mannsbilder. Irgendwann kummt der Punkt, wo du als Mutter weißt, da kannst nimmer helfen. Da is Hopfen und Malz verloren.«

Die Rikki hatte nach ihrer katastrophalen Ehe viele Männer. Und sie ist immer an oder mit ihnen gescheitert. In letzter Zeit aber, weiß die Rosi, obwohl sie eigentlich nix weiß, ist ihr aufgefallen, daß die Rikki ruhiger, sanfter und weniger gereizt war als früher. Welche Männerbekanntschaft dafür verantwortlich gewesen sein könnte, entzieht sich jedoch der mütterlichen Kenntnis.

»Aber es war garantiert keiner von meine Gäst – des hätt i sofort mitkriagt, auch wenn ma nix gredt ham über ihre Gschichtn.«

Der Trainer will noch einen zweiten Jameson und in diesem Zusammenhang nachfragen, ob die Rikki an besagtem frühen Morgen tatsächlich mit dem Zweitschlüssel von Kurtls Wohnung das *Espresso Rosi* verlassen hat, da landet – bereits zum zweiten Mal innerhalb eines Tages –

eine mächtige Pranke amikal auf seiner schmalen Schulter.

»Da schau her, der Herr Trainer! Scho wieder auf Brautschau!« freut sich Kommissar Skocik und macht es sich auf dem Barhocker neben Trainer und Trash bequem. »Und natürlich in Begleitung vom Herrn Doktor Dresch. So ein Zufall …«

»Ein Kondolenzbesuch«, mault der Trainer. »Was dagegen?«

Skocik ordert bei der Rosi eine Römerquelle und zückt ein leichtes Kamel.

»Immer schön sprechen«, rät er dem Trainer. »Damit keine Unklarheiten aufkommen: Wenn Sie schon als Privatdetektive pfuschen, dann will ich am laufenden ghalten werden. Das fänd ich fair.«

Die Rosi stellt wortlos die Römerquelle vor ihn auf die Theke.

»Und sollt einer von euch mehr wissen als ich, aber mir nix sagen«, fährt Skocik fort und schenkt sich dabei gemächlich ein Glas Mineralwasser ein, »dann kann ich extrem unfair werden. Aber sowos von unfair. Is a Spezialität von mir.«

Seine nächtliche Visite gilt aber eigentlich nicht den beiden Ermittlern, sondern der Chefin des Hauses. Skocik macht sich mit beiden Ellenbogen auf der Theke breit und bläst der Rosi den leichten Camel-Rauch ins heute besonders stark geschminkte Gesicht.

»Ihre Tochter, Frau Horvath, war, wie wir wissen, ned grad ein Kind von Traurigkeit. Beruflich wie privat. Und da ist es doch zumindest erstaunlich, daß wir in ihrer Wohnung nicht den geringsten Hinweis auf ein Mannsbild in ihrem Leben gefunden haben. Keine Fotos, keine Briefe, keine Namen oder Telefonnummern. Ned einmal gar nix. Außer einer alten Langspielplatten von meinem speziellen Freund, dem Herrn Ostbahn. ›A schene Leich‹, mit persönlicher Widmung. Also, Frau Horvath, hat die Rikki noch eine zweite Wohnung ghabt? Ein Liebesnest vielleicht, wo sie eventuell Herrenbesuche empfangen hat? Beruflich oder privat? Und wie is des mit dem Ostbahn, dem alten Freund des Hauses? Wie man hört, war der ja ihr liebster Stecher, praktisch von Kindesbeinen an? Was glaubens denn, warum er sie besucht hat in der Peep-Show? Und kurz drauf wars tot!«

»Keine Ahnung«, sagt die Rosi, die im Laufe ihres an Tiefpunkten reichen Lebens schon mit vielen Polizisten zu tun hatte, aber bei so einem ekelhaften Exemplar nur mühsam die Fassung bewahren kann. »Was Sie von meiner Tochter haltn, hams mir grad laut und deutlich gsagt. Ihnen kann ma eh nix erzähln.«

»Stimmt«, sagt Skocik. »Gar nix.«

Die Rosi wirft dem Trainer einen warnenden Blick zu und dreht sich weg. Ihr Hustenanfall hört sich besonders schlimm an.

***

»Weil wir grad so gemütlich beinander sitzen«, wendet sich Skocik mit einem Barracuda-Lächeln an Trainer und Doc. »Wir haben ermittelt, wohin sich der Ostbahn, ihr bester Freund und mein Hauptverdächtiger, abgesetzt hat – per Westbahn nach Frankfurt, dann mit dem Flieger nach New York und von dort aus in ein gewisses New Orleans. Und jetzt passens gut auf: Sie zwei haben genau achtundvierzig Stunden Zeit, mich davon zu überzeugen, daß der feine Herr Doktor Ostbahn unschuldig is. Entweder Sie schaffen ihn persönlich her, oder Sie liefern mir eindeutige Beweise.«

»Und wenn nicht?« erkundigt sich der Doc.

»Ganz einfach«, sagt Skocik und lüftet das Designer-Sakko, um die Handschellen zu zeigen, die an seinem Hugo-Boss-Gürtel baumeln. »U-Haft. Alle beide. Sie wissen eh, was das bedeutet: keine harten Drinks mehr und keine Orangenspaltln zum Auszuzeln. Und euern Ostbahn kauf ich mir mit der Interpol. Und dem FBI. Ende der Dienstreise.«

Dann schwingt er sich vom Hocker, gibt der Rosi mit einem boshaften Augenzwinkern zu verstehen, daß die Römerquelle auf Haus geht und empfiehlt sich.

»Also, die Schlüsseln vom Kurtl seiner Wohnung«, sagt die Rosi nach Skociks Abgang leise, »hat die Rikki in der Früh mitgnommen. Das war alles. Da hab ich sie das letzte Mal gsehn.«

»Verstehe«, sagt der Trainer und durchsucht im Geiste fieberhaft seine Meidlinger Mansarde nach den Reserveschlüsseln seines einstigen Plattenlagers, das nun schon seit Jahren Kurtls Bleibe ist. Und das Rikki offenbar als Versteck dienen sollte, vor dem letzten üblen Mannsbild ihres Lebens.

»Ohne Hausdurchsuchungsbefehl kommt der Skocik nicht in Kurtls Wohnung«, sagt der Doc und ist plötzlich voller Tatendrang. »Bis er sich den besorgt hat, sind wir im Vorteil. Und den sollten wir nützen.«

»Vorausgesetzt, ich find die Schlüsseln«, meint der Trainer mit wenig Hoffnung in der Stimme.

Kapitel 5:
»Famous Last Words«

Montag, 6. April:
Fast sieben in der Früh. Habe eine lange und anstrengende Nacht hinter mir, aber jetzt fühle ich mich seit Tagen das erste Mal halbwegs sicher. Hier in der Reindorfgasse, auf Kurtis Bettbank, werde ich nach dem Wahnsinn der letzten Wochen zumindest für ein paar Stunden unbesorgt die Augen zumachen können. Endlich wieder richtig schlafen, ohne Angst, daß jeden Moment das Telefon oder die Gegensprechanlage läutet! D. hat mir seit seiner unsäglichen Idee mit der Kinderjause das Leben wirklich zur Hölle gemacht.

Aber noch schlimmer als sein ständiger Telefon- und Briefterror war das Gefühl, mit keinem Menschen darüber reden zu können. Die Mama hat wie immer abgeplankt. Typisch. Wenn es um Gefühle geht, ist sie einfach nicht zuständig. Das war schon immer so. Dabei kann man nicht sagen, daß sie ein herzloser Mensch wäre. Im Gegenteil. Nur mit meinem Innersten kommt sie offenbar nicht zurecht. Aber es ist sowieso sinnlos, sie mit der ganzen Scheiße zu belasten, in die ich da hineingeraten bin.

Wenn ich an die letzten Wochen seit der Kinderjause denke, dann verstehe ich nicht, wie ich auf den D. so habe abfahren können. Wie ein Teenager, verliebt über beide Ohren. Er hätte von mir alles, wirklich alles haben können. (Wollte er aber eh nicht…) Heute sieht die Sache anders aus. Ich denke an meine Empfindungen für ihn, und mein Kopf sagt mir, wie schon damals, als ich ihn das erste Mal gesehen habe: Finger weg! Dieser Mann ist nicht gut für dich! Dieser Mann liebt dich auf eine Art und Weise, die dir nur schaden kann!

Daß der Kurti heute nacht zu mir in die Hirschengasse ge-

kommen ist, hat mir sehr geholfen. Er ist der einzige Mensch in meinem Leben, der wirklich zuhören kann. Er sagt zwar nie viel, wenn wir miteinander reden, aber was er sagt, hat Hand und Fuß. Und was den D. betrifft, hat er sicherlich recht, daß ich im Moment aufpassen muß wie ein Haftlmacher – vor allem, weil sich der Typ seit Tagen überhaupt nicht mehr gerührt hat. Das macht mir noch mehr angst als der Psychoterror vorher. Und daß ich wegen ihm einen Haufen Schulden bei den Russen gemacht habe, bereue ich jetzt schon.

»Das Beste ist, du machst dich eine Zeitlang unsichtbar«, hat der Kurti gesagt. Dann hat er mir angeboten, hier in der Reindorfgasse zu wohnen, während er weg ist. Er wollte nur noch sein Zeug holen und dann zu seiner neuen Flamme, Abschied feiern. Herzig.

So, jetzt fällt mir gleich der Kuli aus der Hand, und die halbe Flasche Rotwein, die der Kurti übergelassen hat, ist leider auch schon leer …

***

»Sehr interessant«, sagt der Trainer, als Dr. Trash Rikkis Tagebuch – eigentlich ein liniertes Quartheft, mit Korrekturrand – entschlossen zuklappt. »Aber wer ist dieser D.? Und was meint sie mit ›Kinderjause‹? Und von welchem Russen hat sich die Rikki Geld ausgeborgt?«

»Nur keine Hektik!« rügt der Doc. »Immerhin wissen wir jetzt, was Fräulein Horvath ein paar Stunden vor ihrem gewaltsamen Tod gedacht hat. Ihre letzten Worte, sozusagen. Ich bin überzeugt, daß sich beim weiteren Studium dieser Notizen einiges aufklären wird.«

Der Trainer verkneift sich ein Gähnen. Schließlich ist er

seit vielen Stunden wach, und draußen, vor den ungeputzten Fenstern der Ostbahn-Bleibe in der Reindorfgasse, graut bereits der Morgen.

Nach dem Ultimatum, das Kommissar Skocik den Amateurdetektiven kurz nach Mitternacht im *Espresso Rosi* gestellt hat, war an eine gepflegte Nachtruhe natürlich nicht mehr zu denken.

Per Funktaxi verfügte man sich schnurstracks in die Meidlinger Mansarde, um nach den Ersatzschlüsseln zu Kurtls Wohnung zu suchen. Hätte dort nicht der Anrufbeantworter so hektisch geblinkt, wäre vielleicht alles viel schneller gegangen. Doch Romana, des Trainers steirische Buchhändlerin, kannte keine Gnade. Ihre telefonischen Nachrichten hörten sich anfangs noch fröhlich an, dann schon etwas besorgt und gegen Ende immer unwirscher. Der Doc begriff sofort, daß die Operation Schlüsselsuche auf unbestimmte Zeit verschoben war, und richtete sich resigniert auf dem Wohnzimmersofa ein.

Als er nach einiger Zeit aus seinem Sekundenschlaf erwachte, hing der Trainer immer noch am Telefon und manövrierte sich mühsam durch eine seiner permanenten Beziehungskrisen. Damit kannte er sich aus.

Während eines besonders umständlichen Monologs muß er wohl gedankenverloren in der Schublade seines Telefonkastls gekramt haben, denn plötzlich schwenkte er den Schlüsselbund in der Hand und verkündete triumphierend: »I habs ja gwußt!« Bevor Romana noch auf diese kryptische Aussage reagieren konnte, ergriff der Doc die Initiative. Er stürmte ins Vorzimmer, riß dem Trainer den Hörer aus der Hand, bellte »Kein Anschluß unter dieser Nummer!« in die Muschel und legte auf.

Zwei Minuten später befanden sich die Herren bereits auf dem Fußmarsch Richtung Reindorfgasse. Und der Trainer schüttelte den Kopf und sagte: »Wie soll i ihr des nur erklären?«

***

Im frühen Morgengrauen sieht Kurtls Domizil genauso aus wie das Platten- und Zeitschriftenlager, das es bis vor ein paar Jahren auch gewesen ist. Angeräumte, verstaubte Regale, die nur mit viel Mühe und Geduld ausziehbare Bettbank, das ewige Küchen-Improvisorium und Kurtls ganzer Stolz, sein nobles neues Bad. Alles in allem nicht gerade ein Prominenten-Tip in *Schöner Wohnen*.

Der Doc hat, als überzeugter Junggeselle, in diesen traurigen Räumlichkeiten sofort Damenbesuch gewittert. Noch bevor er in Kurtls sprichwörtlicher Sauwirtschaft den grün-weiß-gestreiften Leinensack mit Rikkis Tagebüchern, Fotoalben und Kalendern (1995–98) entdeckte, stieß er auf untrügliche Hinweise: eine Packung »o.b. normal« und ein kunstledernes Necessaire im Bad, ein rosa Baby-Doll, zusammengeknüllt unter dem Kopfpolster, und einen schwarzen Palmers-Spitzenslip auf dem Boden neben der Waschmaschine.

»Die Rikki hat sich hier häuslich eingerichtet«, kommentierte er seinen Fund und machte sich dann sofort ans Studium der Tagebücher.

Jetzt stellt sich beim Trainer das nervöse Magengrimmen wieder ein, denn schließlich halten sie sich in der Wohnung des Hauptverdächtigen auf. Wenn sie hier erwischt werden, könnte die Polizei mit Fug und Recht annehmen, daß sie Beweismittel beseitigen wollen.

»Wir haben eh alles, was wir brauchen«, raunt er dem Doc zu. »Also machen wir lieber schleunigst einen Abgang!«

Aber da ist es bereits zu spät.

Auf dem Gang vor der Wohnungstür ertönt ein ätzendes Organ, das die Ermittler nur allzugut kennen. »Do samma mit die Christbama! Jetzt werma amoi schaun, ob ma beim Freund Ostbahn ned was finden, des uns weiterbringt«, sagt Kommissar Skocik und klingt dabei unangenehm ausgeschlafen.

»Einfach aso, ohne Durchsuchungsbefehl?« wirft eine zweite, etwas schüchterne Stimme ein.

»Geh bitte, Fleischhacker!« weist der Gruppenleiter seinen Juniorpartner zurecht. »Ka Durchsuchungsbefehl – wenn i sowas scho hör. Es is wirklich immer desselbe mit euch Frischgfangte. Hast no nie was von der Rasterfahndung ghört? Naa, im Ernst: Wenn wer was fragt, war Gefahr im Verzug, vastehst? Mögliche Beseitigung von Beweismitteln und so weiter. Jetzt bin i aber gspannt, ob aner von die Schlüsseln aus der Horvath ihrem Handtaschl do paßt.«

»Ujegerl«, haucht der Trainer und erstarrt vor Schreck zur Salzsäule.

Trash ist zwar ebenfalls geschockt, aber noch reaktionsfähig. In Windeseile schnappt er sich das Stoffsackerl mit Rikkis persönlichen Aufzeichnungen, fordert den Trainer mit einer eiligen Geste auf, ihm zu folgen, und schlüpft durch die angelehnte Tür – wie auf Katzenpfoten – ins Badezimmer. Während draußen am Gang der erste Schlüssel ausprobiert wird, steigen die beiden ganz vorsichtig in die Badewanne und ziehen den Duschvorhang zu.

Beim dritten Versuch gleitet ein Schlüssel ins Schloß. »Paßt!« freut sich Skocik, um gleich darauf zu staunen: »Na hallo, do is ja eh offen!« Die Kriminalbeamten poltern durch die Küche ins Wohnzimmer – wahrscheinlich mit gezogenen Dienstwaffen, wenn man bedenkt, wie gern Skocik *NYPD* schaut.

Der Doc macht sich den Lärm zunutze, um vorsichtig das Gangfenster aufzuklappen und den Schauplatz des polizeilichen Übergriffs auf schnellstem Wege zu verlassen. Dann verharren er und der Trainer neben der geöffneten Wohnungstür, um den günstigsten Moment zur Flucht abzuwarten.

»Wos is des do?« läßt sich von drinnen der junge Kollege hören.

»A Übergangslösung«, erinnert sich Skocik an das erste Mal, als er Kurtls Wohn-, Schlaf- und Arbeitszimmer einen amtlichen Besuch abstatten durfte (siehe auch: »Kurt Ostbahn: Blutrausch«, 1995). »Derselbe Sauhaufen wie vor fünf Jahr … Da schau her – wos hamma denn do? A rosa Kombinesch! Dreimal derfst ratn, wem die ghört hat, Fleischhacker!«

Dr. Trash und der Trainer warten die Antwort nicht mehr ab.

***

Mittwoch, 25. März:
Wenn man weiß, womit dieser Typ seine Millionen macht, war der Termin bei Dr. Schraake gar nicht so schlimm wie befürchtet. Er war korrekt und auf seine norddeutsche Art sogar zuvorkommend. Den engen roten Mini und die roten Stöckelschuhe hätte

ich mir jedenfalls sparen können. Der Hamburger hatte absolut kein Interesse an mir. Irgendwie bin ich mir bei ihm richtig blöd vorgekommen in meiner kessen Aufmachung. Er hat mir ohne viele Worte einen Kreditvertrag vorgelegt, wie er angeblich bei privaten Unternehmen dieser Art üblich ist. Daß ich die 150.000,– ohne Bürgen und Sicherheiten nicht zinsenfrei kriegen würde, habe ich ja gewußt. Aber 14,5 Prozent sind schon ein ziemlicher Hammer!

Da mußt du durch, Rikki, würde die Mama sagen.

Jetzt habe ich Schulden bei den Russen, aber dafür bin ich endlich den D. los! Seit ich ihm das Geld zurückgeschickt habe, fühle ich mich total erleichtert und befreit. Dieser Mann hat mich mit seiner penetranten Fürsorglichkeit erdrückt wie eine alte Tuchent. Bei seiner Familienaktion am Sonntag hat er sein wahres Gesicht gezeigt, und da war von Fürsorge nichts mehr zu sehen. Ich glaube inzwischen, er hat einen groben Pecker, auf jeden Fall ist er nicht ganz normal. So verhält sich kein Familienvater, weder zu seinen erwachsenen Kindern noch zu seiner angeblich »großen Liebe«! Aber das ist Gott sei Dank nicht länger mein Problem.

Was mir ein bißchen Sorgen macht, ist diese Klausel in dem Kreditvertrag, daß ich bei Nichteinbringung der wöchentlichen Raten zur Arbeit in sämtlichen Dienstleistungsbetrieben der »Kiev Trans-Universal Enterprises« herangezogen werden kann. Ich hab mich ja noch nie zu was zwingen lassen, aber bei den Russen muß man vorsichtig sein …

***

»'n paar Minuten noch!« sagt die Vorzimmerdame mit den knallrot gefärbten Haaren. Dr. Trash nickt wortlos und blickt sich noch einmal im Sekretariat des Herrn Dr. Schraake um. Schwarzes Holz, Halogenlampen, Chrom und Edelstahl. Sehr kühl und effizient, wie der Norddeutsche das halt so gern hat. Sogar seine attraktive Angestellte dürfte er aus dem Hamburgischen importiert haben.

Den Großteil des Vormittags haben Trash und der Trainer im Restaurant am Westbahnhof verbracht, wohin sie nach ihrem Beinahe-Zusammenstoß mit dem Gesetz geflüchtet waren. Nach unzähligen Kaffees (und ein paar Hochprozentigen zur Beruhigung der angeschlagenen Nerven) vertiefte sich der Doc wieder ins Tagebuch der Rikki und stieß dort auf die Spur des Kredithais, in dessen Vorzimmer er jetzt saß.

»Dr. Dirk Schraake, Anlageberater« stand auf dem protzigen Messingschild am Eingang des Bürogebäudes in der Hollandstraße. Und darunter: »Geschäftsführer, Kiev Trans-Universal Enterprises«. Leider war der Herr Doktor gerade in einer wichtigen Besprechung, also blieb Trash nichts anderes übrig, als seinen Namen zu buchstabieren und auf einem dieser unbequemen Weltraumsessel Platz zu nehmen. Seither sind fast eineinhalb Stunden vergangen.

Der Trainer, der nach seinem unrühmlichen Auftritt beim falschen Erwin vom Außendienst genug hatte, würde jetzt wohl schon in der Kirchengasse sitzen. Dort soll er zusammen mit Bettina, der feschen Pathologin, Rikkis schriftlichen Nachlaß nach weiteren Hinweisen durchforsten. Trash hofft, daß die weibliche Sicht der Dinge zu überraschenden Erkenntnissen führen wird.

Ein Summen der bürointernen Telefonanlage weckt ihn aus seinem Grübeln. »Dr. Schraake hat jetzt für Sie

Zeit«, strahlt ihn die Rothaarige an. Die schalldicht gepolsterte Tür zum Allerheiligsten öffnet sich mit einem leisen Klicken, und der Doc macht sich – obwohl ihm der linke Fuß eingeschlafen ist – entschlossen auf den Weg.

Das Chefbüro mit den Panoramafenstern wird von einem gigantischen Schreibtisch dominiert. Dahinter sitzt ein Spät-Yuppie, wie er im Buche steht: stahlgrauer Armani-Anzug, nahtlose Bräune aus dem Sonnenstudio und ein Satz Jacketkronen, der einem amerikanischen Filmstar zur Ehre gereichen würde. Oder auch dem Weißen Hai.

»Schraake – nehmse doch Platz«, stellt sich der Anlageberater, den es von der Alster an den Donaukanal verschlagen hat, vor. Er schüttelt die Hand des Doc mit stahlhartem Griff, der verrät, wieviel Zeit er täglich beim Squashen und im Fitness-Studio verbringt. Dann zieht er sich wieder hinter seine Kommandokonsole zurück. »Was kann ich denn nun für Sie tun, Herr Doktor Trash? Möchten Sie etwas überschüssiges Kapital in der Computerbranche anlegen? Oder handelt es sich um die Übernahme eines Kredits? Nach einem Todesfall vielleicht?«

Der Piefke setzt eine Siegermiene auf. Anscheinend hat er die letzten neunzig Minuten dazu benutzt, sich eingehend über seinen Besucher und dessen Anliegen zu informieren.

In solchen Fällen hilft nur die Flucht nach vorne.

»Sie wissen sehr gut, was mich zu Ihnen geführt hat«, eröffnet Trash den Konter. »Es handelt sich tatsächlich um eine Geldanlage – allerdings eine, die Sie getätigt haben. Ich spreche von dem Kredit, den Ihre Firma dem Fräulein Erika Horvath gewährt hat.«

»Aber, aber, mein Lieber, es versteht sich doch von

selbst, daß so ein Kredit eine hochvertrauliche Angelegenheit ist. Warum sollte ich ausgerechnet Ihnen darüber Auskunft geben?«

»Weil sich sonst möglicherweise die Polizei für Ihre Geschäftspraktiken interessieren könnte. Die Klausel, die Sie in Ihren Knebelvertrag aufgenommen haben, erfüllt eindeutig den Tatbestand der Nötigung zur gewerbsmäßigen Unzucht.«

»Also, bitte! Es dürfte Ihrer geschätzten Aufmerksamkeit wohl nicht entgangen sein, daß ich ein russisches Firmenkonsortium mit beträchtlichen Kapitalreserven und breitgestreuten kommerziellen Interessen vertrete. Wir investieren unter anderem in Gastronomiebetrieben, Speditionsunternehmen, Kreditbüros und natürlich auch im Erotic-Entertainment-Bereich – wie zum Beispiel der *Live Girl Revue*, die Ihnen ja bekannt ist. Bei einer solchen Diversifikation macht es geschäftlich durchaus Sinn, den Kreditnehmer zu verpflichten, im Verzugsfall seinen Verbindlichkeiten anderweitig nachzukommen. Und seien wir doch mal ehrlich – das horizontale Gewerbe war für die so tragisch zu Tode gekommene Horvath doch nichts Neues.«

»Nur daß sie sich jetzt nicht mehr flachlegen wollte, was? Und in solchen Fällen macht die Russenmafia bekanntlich kurzen Prozeß. Wäre ja nicht das erste Mal …«

»Ach, komm' Sie! Jetzt geht aber Ihre schrullige Wiener Phantasie mit Ihnen durch. Russenmafia – wenn ich das schon höre! Was hätten meine Auftraggeber denn davon, ihr bewegliches Kapital aus dem Verkehr zu ziehen? Noch dazu in ihrem eigenen Etablissement? Denken Sie mal in Ruhe drüber nach, anstatt meine Zeit zu vergeuden.«

Schraake, immer noch die Freundlichkeit in Person, umrundet den Generalstabsschreibtisch und komplimentiert seinen Besucher zur Tür.

»Trotzdem wär's mir lieb, wenn Sie nicht auf dumme Ideen kämen, von wegen Polizei und dergleichen«, gibt er dem Doc mit auf den Weg. »Schließlich gibt's auch in Ihrem Leben einiges, das die Behörden interessieren könnte. Ich denke da insbesondere an Ihre Apotheken-Connection, Herr Doktor.«

Der abschließende Klaps auf die Schulter befördert den Doc fast in den Schoß der langbeinigen Vorzimmerdame. Im letzten Moment fängt er sich wieder und verläßt bedrückt die Stätte seiner schmählichen Niederlage.

***

Sonntag, 22. März:
Es war ganz ganz schrecklich ... der fürchterlichste Sonntag meines Lebens. Und dabei habe ich es immer schon gewußt. Seit mir der D. mit dieser Idee gekommen ist, habe ich gespürt, daß sein großartiges »Familientreffen« nur in einer Katastrophe enden kann.

Die drei erwachsenen Kinder und ich gemütlich bei Kaffee und Kuchen in seiner Wohnung in der Raimundgasse. Nur daß seine Kinder nichts davon gewußt haben, daß der Papa bei der Jause seine neue Herzdame vorführen will. Peinlich. Ich bin fast im Erdboden versunken. Zuerst, bei der Malakofftorte, nur betretenes Schweigen. Ich hab nicht gewußt, ob ich heulen, den D. vor seinen Kindern zur Sau machen oder einfach aufstehen und gehen soll. Danach, im Wohnzimmer, bin ich mir vorgekommen wie auf dem Prüfstand. Der ältere Sohn hat mich mit hochgezo-

genen Augenbrauen angestiert, als wäre ich ein minderes Wesen von einem anderen Stern. Der jüngere hat mir die ganze Zeit unter den Rock geschaut und dabei nicht nur feuchte Hände gekriegt. Und die arrogante Ziege von einer Tochter (Jusstudentin) hat mir andauernd durch die Blume zu verstehen gegeben, daß ich im Leben ihres Herrn Papa nichts verloren habe.

Hab ich auch nicht! Spätestens seit der D. auf seine schulmeisterliche Art den Kindern vorgebetet hat, woher ich komme und was ich seit der Pleite mit der Boutique beruflich mache, ist bei mir auf alle Ewigkeit der Ofen aus. Ich habe keine Ahnung, was er sich dabei gedacht hat, mein Leben in allen Einzelheiten vor seinen Fratzen auszubreiten. Ich will es auch gar nicht wissen. Ich will überhaupt nichts mehr von ihm wissen. Der D. ist für mich gestorben.

Gleich morgen kriegt er die 150.000,- zurück, die er mir aufgedrängt hat, damit ich die Schulden bei der Sozialversicherung und beim Finanzamt zurückzahlen kann. Und wenn er mich anruft, werde ich ihm sagen, daß er sich in Zukunft die Mühe sparen soll, weil ich wieder mit dem Erwin zusammen bin, der zwar ein ziemliches Arschloch ist, aber wenigstens im Bett was zusammenbringt. Das wird ihn dort treffen, wo er – wie alle Männer – am empfindlichsten ist, nämlich in seinem Stolz!

Dem Erwin erzähle ich lieber nichts von der ganzen Sache, weil der jetzt noch unberechenbarer ist, seit er den Job als »Wachorgan« im Donauzentrum hat. Möglicherweise haben die ihm dort sogar eine Pistole gegeben! Ich will gar nicht dran denken, was alles passieren könnte, wenn er wieder seine Wut kriegt …

Kapitel 6:
»Caramba Spezial«

»Ned deppert zruckreden, wann i di was frag!« zischt Erwin Stelzhammer und packt das Mädchen am Oberarm. Die Kleine im übergroßen Skater-Outfit will das Wachorgan abschütteln, aber Erwin verstärkt seinen Griff und zerrt sein Opfer durch die Regalreihen der Computerspiele-Abteilung zu einer Tür mit der Aufschrift »Notausgang«.

Der Marktfahrer hat im Zweitberuf seine wahre Erfüllung gefunden. Beim Aufgreifen von Ladendieben darf er groß, stark und mächtig sein. Und das ist er am liebsten bei seiner weiblichen »Kundschaft«.

Die Kleine heißt Jana und ist ihm heute nicht zum ersten Mal aufgefallen, als er im Büro vor den Überwachungsmonitoren saß und den trägen Geschäftsgang im Megatronics-Großmarkt beobachtete. Bisher konnte er dem hübschen dunkelhaarigen Mädchen mit der modischen Igelfrisur noch nie was anhängen. Aber diesmal hat er ganz genau gesehen, wie sie einen Color-Gameboy und drei Spielmodule in der Känguruhtasche ihres Sweatshirts verschwinden ließ und danach auffallend unauffällig zum Ausgang schlenderte.

»Wannst mi ned sofort auslaßt, schrei i, du Wixer«, sagt die Kleine, als sie der Erwin durch die Stahltür in eines der vielen Stiegenhäuser des Donauzentrums schieben will. Sie ist höchstens fünfzehn, aber ihre Figur, zumindest das, was man unter der weitgeschnittenen Kleidung erkennen kann, zeugt davon, daß sie die Pubertät bereits erfolgreich hinter sich gelassen hat. Ehrlich gesagt, ist das auch der Hauptgrund, warum der Erwin ihrem

Schwarzweißbild so gern von Bildschirm zu Bildschirm folgt, wenn er wieder einmal einen langen Nachmittag im Dienstzimmer der Haussicherheit absitzen muß.

Normalerweise treibt sich Jana mit ihren Freunden herum – einer Bande Halbwüchsiger in Schlabberhosen, Pudelhauben und XX-Large-T-Shirts, die jede Minute ihrer Freizeit in den Hallen des Einkaufszentrums verbringen. Oft auch die Vormittage, weil sie sich durch exzessives Schulstagln am besten auf ihre trostlose Zukunft als Jungarbeitslose vorbereiten können. Sie schlurfen mit hängenden Schultern zwischen den Geschäften, Imbissen und Elektronikmärkten herum, begrüßen ihre Kumpane mit verschwörerischen Handzeichen und einem schwer dialektgefärbten »Jo, Motherfacka!« und greifen sich angeberisch in den Schritt, sobald ein weibliches Wesen aus ihrer Clique daherkommt.

Der Erwin versteht das alles nicht, aber es mißfällt ihm. Als er in dem Alter war, war man natürlich auch kein Waserl, aber wenigstens trieb man sich im Freien herum, bis man genug Geld für ein Cola-Rot zusammengeschnorrt hatte. Und die holde Weiblichkeit zeigte damals noch freizügig, was sie im Angebot hatte, indem sie ihre Krapferln aus knallengen Pullundern quellen ließ und sich für den Ausritt auf der auffrisierten KTM den kürzesten Minirock anzog.

Mit diesem Generationskonflikt wird der Erwin aber locker fertig. Auf seine Art.

»Wannst schreien willst, dann schrei«, rät er Jana. »Aber du weißt eh, wer dann kummt, oder? Ganz genau. Die Heh. Und die wird a wissen wollen, wos du da alles in dein Tascherl hast.«

Kaum ist die Notausgangstür hinter ihm und Jana zugefallen, übernimmt der diensteifrige Erwin höchstpersönlich die Perlustrierung seines Opfers. Er läßt sich Zeit dabei, denn im Stiegenhaus ist man ungestört, und die Drohung mit der Polizei hat der goscherten Kleinen sozusagen den Nipf genommen. Sie läßt sich von Erwin ohne Widerrede durchsuchen, abgrapschen und befingern.

»Wann i di noch einmal dawisch, dann gemma zu mia ins Büro, und es setzt a Anzeige«, sagt der Sicherheitsmann, nachdem er die entwendete Spielelektronik umständlich aus der Bauchtasche des schamroten Mädchens geholt hat. »Waaßt eh, wos des haaßt? Kaisersteinbruch! Jugendstrafanstalt! Dort sans ned so freundlich zu dir wia i. Des kannst ma glauben. Und jetzt schleich di.«

Eigentlich wäre es ja Erwins Aufgabe gewesen, die Kleine der Polizei zu übergeben, aber er erspart sich den unnötigen Papierkrieg lieber. Von den Kieberern hält er eh nicht besonders viel. Ein Glück, daß seine einzige Vorstrafe – pikanterweise wegen Ladendiebstahls – mittlerweile aus den Akten getilgt ist. Sonst hätte er nämlich Pech gehabt bei der Bewerbung um den Halbtagsjob als Wachorgan. Und mit seinem privaten Waffenschein für die Heckler & Koch erst recht.

»Nur ned anstreifen«, ist daher seine Devise, an die er sich in diesem Fall nur allzugern hält. Irgendwann in den nächsten paar Wochen wird ihm die Jana schon wieder unterkommen. Vielleicht geht dann sogar ein bißl mehr hinein als heute …

Aber jetzt ruft die Pflicht. Der Erwin zieht den Bauch ein, setzt die verspiegelte Sonnenbrille auf, rückt seinen

Gürtel mit dem Funkgerät zurecht und geht im vollklimatisierten Einkaufsparadies auf Streife.

Der Dirty Harry ist nichts dagegen.

***

»Do kummt er eh grad, der Herr Stelzhammer«, meint der Regalbetreuer und zeigt auf den Erwin, der soeben aus der Videoabteilung in die CD-Straße mit dem großen Angebot an Volkstümlichem, Schlager und Musical eingebogen ist.

Trainer und Trash sagen Dank und gehen auf den Gesuchten zu. Eigentlich, denkt der Trainer, kann der echte Erwin mit dem falschen aus der Rauchfangkehrergasse muskeltechnisch nicht wirklich mithalten. Er ist zwar auch überzeugter Vokuhila-Träger und von massiger Statur, aber diese Masse zeugt eher von ungesunder Ernährung und sehr viel Bier.

»Herr Stelzhammer?« eröffnet der Doc taktisch klug das Gespräch.

»Polizei?« fragt der Erwin zurück.

»Es geht um Ihre Exfrau, die Rikki«, sagt der Trainer. »Hätten Sie ein paar Minuten Zeit für uns?«

»Schlecht. Weu i bin im Dienst. Aber i hab Ihnere Kollegen eh schon alles gsagt, was i waaß.«

»Vielleicht sprechen Sie trotzdem mit uns, Herr Stelzhammer«, sagt Trash, der die Abneigung des Hilfspolizisten gegen seine pragmatisierten Kollegen schnell erkannt hat. »Wir sind nämlich nicht von der Mordkommission, sondern arbeiten in privatem Auftrag. Es geht um die Verlassenschaft der verstorbenen Frau Horvath.«

»Aso?« meint Erwin plötzlich höchst interessiert. »Gibts do wos?«

»Ein ganz ansehnliches Wertpapierdepot, als eiserne Reserve, soviel ich weiß«, lügt der Doc munter weiter. »Aber darüber dürften wir eigentlich gar nicht mit Ihnen sprechen. Es geht nur um die Frage, ob Sie zu den Erbberechtigten gehören – oder ob Ihre Ex nach der Scheidung einen neuen Lebensgefährten hatte.«

»Ah wos, neuer Lebensgefährte!« wehrt Erwin empört ab. »Da war nur der Trottel, der Dietrich, auf dens so feucht war in der letzten Zeit. Sie war total happy, daß endlich an Frankisten hat, verwitwet no dazua – aber dann hats schnell mitkriagt, was sie sich mit dem Nudelaug eintreten hat. A Beamter, da hab i scho gfressen! De san so gsehn oft die Ärgsten ...«

»Inwiefern?« erkundigt sich der Trainer.

In diesem Augenblick gibt Erwins Walkie-Talkie eine Folge krächzender Geräusche von sich, die in etwa wie »Krambambulispüfalackilogoli« klingen.

»Tschuldigen, die Herren, aber i muaß weg«, sagt der Angefunkte. »A dringender Einsatz drüben im Spielzeuggschäft. Aber wenns mehr wissen wegen der Erbschaft, treff ma uns doch um siebene, weil da hab i Dienstschluß. Sag ma, drüben in der Pizzeria, schräg gegenüber von der U-Bahn – beim *Azzuro*, kennens vielleicht eh. Wenns dem Tonio derzähln, daß i Ihnen gschickt hab, bringt er Ihnen die ›Caramba Spezial‹. Des is so ein Gerät ...«

Er streckt die Arme aus, um zu demonstrieren, daß seine Lieblingspizza zirka den Durchmesser eines LKW-Reifens hat. Dann salutiert er lässig, verabschiedet sich mit einem »Alles Roger?« und eilt zum Einsatz.

»Wenn solche Typen im Einzelhandel für Recht und Ordnung sorgen, kauf ich in Zukunft auch nur mehr im Internetz ein«, meint der Trainer.

***

»Das hat mir gerade noch gefehlt, daß ich hier an einem Frühlingsnachmittag mitten im transdanubischen Ghetto sitzen muß«, nörgelt Dr. Trash und reibt sich die blutunterlaufenen Augen. »Manchmal könnte ich den Kurt wirklich füsilieren! Fährt einfach weg und hängt uns seine Probleme an – und diesen grauslichen Skocik noch dazu.«

Der Trainer zuckt die Achseln, stopft sich das letzte Stück Leberkässemmel in den Mund und meint nur: »Is ja nix Neues. Die wirkliche Arbeit bleibt immer bei uns hängen.« Er wirft das fettige Einwickelpapier resigniert in die Grünanlage und denkt an seine neue Liebe in Graz, die ihn mittlerweile wahrscheinlich genauso verflucht wie all seine alten Lieben.

Gerade hat der Doc den Bericht über sein erfolgloses Gespräch mit Dr. Schraake, dem piefkinesischen Anlageberater der Russenmafia, bei dem die Rikki in der Kreide stand, beendet. »Schaut ned gut aus«, denkt der Trainer. Aber das behält er jetzt lieber für sich, um seinen Partner nicht noch mehr zu deprimieren. »Zwei Stunden noch«, sagt er stattdessen und unterdrückt mühsam einen Rülpser.

Da sich die weite Heimreise vor dem Pizzeria-Termin nicht mehr ausgezahlt hätte, sind die schwer übernächtigen Ermittler in eine Grünanlage nahe dem Donauzentrum retiriert. Dort haben sie sich auf der einzigen halbwegs sauberen Parkbank niedergelassen – zwei matte, blasse Gestalten, die zusehends in den Kaisermühlen-Blues verfallen. Rund um sie herum kollidieren krakeelende Dreijährige auf ihren Dreirädern, besorgte Kindertanten suchen die mit Kondomen und Einwegspritzen übersäten Gebüsche nach ihren Schutzbefohlenen ab, und elefantiasisgeschädigte Hausfrauen in hautengen Leggings unterhalten sich angeregt über die neuesten Entwicklungen in der *Lindenstraße*.

Der Trainer schüttelt heftig den Kopf, als wollte er aus einem bösen Traum erwachen, und fischt dann einen Pakken schlampig gefalteter Zettel aus der Brusttasche seines Lederjankers.

»Folgendes«, sagt er. »Die Bettina und ich haben Rikkis Tagebuchnotizen quergelesen. Und was diesen sogenannten D. betrifft …«

» … der eigentlich Dietrich heißt, wie wir mittlerweile wissen …«, unterbricht ihn der Doc mit leiser Ungeduld.

»Genau. Also, was diesen Dietrich betrifft, der ist mir echt nicht wurscht.«

»Großartige Erkenntnis! Geht's auch ein bißchen konkreter? Was stimmt nicht mit dem Mann? Heimlicher Trinker? Spieler? Strangulationsfetischist?«

»Steht alles da!«

Nachdem der Trainer Ordnung in die Zettelwirtschaft gebracht hat, faßt er seine und Bettinas Erkenntnisse so gut wie möglich zusammen. Der Doc hört zu – und bereut mehr denn je, daß er kein anständiges Handwerk erlernt hat. Dann wäre ihm das alles erspart geblieben.

***

Dieter Dietrich (der es gar nicht mag, wenn man ihn »Didi« nennt), ist 48, schaut aber um einiges jünger aus, wenn man den Worten der Rikki glauben darf.

»Das dürfen wir unbedingt«, wirft der Doc an dieser Stelle ein. »Wenn eine Frau jemandem die Wahrheit sagt, dann ihrem Tagebuch.«

Kennengelernt hat die Rikki ihren Verehrer, als sie eines naßkalten Winterabends vor dem »Künstlereingang« der *Live Girl Revue* von einem hartnäckigen Peep-Show-Kunden abgepaßt wurde. Dem Kerl hatte ihre Darbietung so gut gefallen, daß er unbedingt mehr wollte als nur schauen. Im letzten Moment tauchte ein gepflegter Herr auf, der den Zudringlichen mit ein paar lauten Worten und einem drohend erhobenen Regenschirm in die Flucht schlug.

Der Retter in der Not war Herr Dietrich. Er stellte sich höflich vor und lud die Rikki auf einen Kaffee ins *Westend* ein, wo er verdächtig schnell seine Lebensgeschichte vor ihr ausbreitete. Also: Dietrich (»Nennen Sie mich doch Dieter, Fräulein Rikki!«) ist Witwer und Vater von drei Kindern, die aber alle schon aus dem Haus sind – sogar die Tochter mit ihren erst neunzehn Jahren. Woran seine Frau, die Hedi, gestorben ist, ist unbekannt. Bekannt ist nur, daß sie bis zu einem gewissen Vorkommnis im Leben »sein Engel« gewesen ist. Und danach plötzlich nur noch die Hedi.

Dietrich hat eine gesicherte Stellung im Marktamt, wo er als Aufsichtsbeamter im Außendienst tätig ist. Und er wohnt in der Raimundgasse, gar nicht weit von Rikki entfernt. Aus diesem Grund erbot er sich am ersten Abend auch gleich, sie nach Hause zu begleiten. Beim Abschied vor dem Haustor fragte er dann noch in seiner altmodischen Art, ob er sie wieder treffen dürfe – in allen Ehren, versteht sich.

Da die Rikki den Dietrich durchaus sympathisch fand, sagte sie zu. Immerhin war er ein Mann, der nichts mit dem Milieu zu tun hatte. Das zeigte sich besonders deutlich, als sie ihm bei einem ihrer gemeinsamen Konditoreibesuche gestand, womit sie ihr Geld verdiente. Da war er ganz entsetzt und machte sich sofort erbötig, sie »aus diesem Sumpf herauszuholen, koste es, was es wolle«.

Später, nach der »Kinderjause«, vermutete die Rikki, daß der Dietrich die Peep-Show auch von innen kannte und den ganzen Vorfall beim Künstlereingang selbst inszeniert hat. Aber damals, im November, fand sie ihn noch richtig nett. Sie freute sich über seine Blumen und kleinen Geschenke, wollte aber nie Geld von ihm annehmen – bis zu jenem schicksalshaften Tag, als Krankenkasse und Finanz plötzlich 150.000 Schilling Nachzahlung aus ihrer Boutiquenzeit forderten. Weil sie auf der Bank keinen Kredit mehr bekam, akzeptierte sie schweren Herzens Dietrichs zinsenloses Darlehen. Doch sie fragte sich auch, woher ein einfacher Beamter wohl soviel Geld haben könnte …

Sexuell hatte sie übrigens nie was mit dem Dietrich. Nicht, daß sie abgeneigt gewesen wäre, aber er schien daran überhaupt kein Interesse zu haben. Er himmelte »seine« Rikki einfach nur an. Als sie ihm einmal, nach einem besonders romantischen Abend zu zweit, leicht beschwipst die Zunge in den Mund stecken wollte, um das Abschiedsbusserl ein bißchen pikanter zu gestalten, war ihr Galan total schockiert. Er erklärte ihr lang und breit, daß es ihm »nicht um ihren Körper, sondern einzig und allein um ihre schöne Seele« gehe, daß er nach dem Tod seiner Hedi unbefleckt geblieben sei und daß er auch mit ihr nur eine »Josefsehe« führen wolle.

Nach diesem Vorfall wurde der Herr Dietrich seiner neuen Flamme immer unheimlicher. Daß er sie dann bei dieser schrecklichen Kaffeejause auch noch als »seine Zukünftige« präsentierte und sie vor seinen mißratenen Sprößlingen bloßstellte, gab den Ausschlag: Mit diesem Narren wollte die Rikki nichts mehr zu tun haben.

***

Es ist kurz nach sieben, und in der Pizzeria *Azzuro* herrscht Hochbetrieb. Übergewichtige Familien berauschen sich nach ihren Shopping-Exzessen im Donauzentrum an Tonios Mega-Pizzas und dem als Chianti oder Valpolicella getarnten Sauerampfer. Dazu reicht man Eros Ramazotti, in einer Lautstärke, daß Trainer und Trash ihre vertraulichen Informationen beinahe brüllend austauschen müssen.

Die entnervten Hobbykriminalisten konnten einen Fensterplatz im ersten Stock des Lokals ergattern. Bei garantiert ungiftigem Flaschenbier genießen sie nun die einzigartige Aussicht: den Blick auf die Straße und das monolithische Einkaufsparadies aus grauem Stahlbeton.

»Bei unserem Freund Stelzhammer bleiben wir beinhart auf Kurs«, meint der Doc. »Wertpapiere. Verlassenschaft. Das lockert diesem Kretin die Zunge. Neunzig Prozent von dem, was er uns zu sagen hat, ist natürlich Schrott. Aber der Rest könnte einen entscheidenden Hinweis enthalten.«

Nach diesem Monolog schweift sein Blick – wie so oft in den letzten Tagen – in kosmische Fernen. Ob das mit seinem auffallend langen Toilettenbesuch kurz vorher zu tun hat, will der Trainer gar nicht so genau wissen. Er muß nämlich, bevor der echte Erwin kommt, noch ein wichtiges Detail loswerden, das bisher der Erschöpfung oder den zahllosen Bieren des Tages zum Opfer gefallen ist.

»Die Bettina und ich haben übrigens in einem von Rikkis Notizkalendern ein zugepicktes Kuvert gefunden«, sagt er zum Doc, der sich nur schwer aus jenem mentalen Zustand befreien kann, den der Wiener gern als »ins Narrenkastl schauen« bezeichnet.

»Ahja. Und?«

»In dem Kuvert war ein Schlüssel. Und zwar der Schlüssel zu einem Bankschließfach.«

Plötzlich ist Dr. Trash wieder putzmunter: »Und weiter? Was hast du unternommen? Zum Beispiel umgehend die Rosi angerufen, ob sie was darüber weiß?«

»Noch nicht.«

»Und warum nicht?«

»Ned bös sein, Doc …«, sagt der Trainer ganz ruhig, aber das gefährliche Blitzen in seinen Augen spricht eine ganz andere Sprache. Dann springt er auf und eilt zum Münzfernsprecher.

***

So groß die Pizzen im *Azzuro* auch sein mögen, bei den Telefongebühren kalkuliert der Wirt mit einer mehr als stattlichen Gewinnspanne. Kaum hat der Trainer die drei Schilling Mindesteinwurf geopfert und die Nummer des

Espresso Rosi gewählt, fordert ihn ein penetrantes Piepsen auf, noch mehr Hartgeld nachzuschicken.

Nach weiteren fünf Schilling hebt die Rosi ab. Der Trainer deponiert seine Anfrage und wirft sicherheitshalber noch ein paar Zehner in den gierigen Schlund des Automaten, weil sich die Rosi gern Zeit zum Nachdenken läßt.

»A Bankschließfach?« sagt sie endlich. »Ja, stimmt, des hats vor ein paar Jahren eröffnet, bei der CA draußen in der Währinger Straße, Ecke Martinstraße. Für alle Fälle. Aber wurscht, was die Rikki dort hinterlassen hat, i kann ned dazu.«

»Warum ned?« erkundigt sich der Trainer.

»Weil i nur im Todesfall Zutritt hab zu dem Schließfach. Und dafür brauch i ihr Sterbeurkunde. Die kriagt man ned von heut auf morgen – sowas kann dauern, grad in so an Fall.«

»Verstehe«, will der entmutigte Trainer sagen, aber da fällt der letzte Zehner, und das Telefonat findet ein abruptes Ende.

***

Der Doc blickt aus dem Pizzeria-Fenster und denkt an seine liebreizende Pathologin oder auch an die Lebensgewohnheiten der Ameisen. Man weiß es nicht. Der Trainer sitzt ihm gegenüber, stiert in sein Bier und sinniert über das Beziehungschaos mit seiner Grazer Buchhändlerin nach, das ihm erspart geblieben wäre, wenn der Kurtl ihn nicht schon wieder in einen Mordfall verwikkelt hätte.

»Da kommt er. In Zivil«, platzt der Doc in das traute Schweigen.

Erwin Stelzhammer hat soeben den Mitarbeiterausgang der Einkaufsburg verlassen und will die Straße überqueren. Er schaut zuerst nach links, dann nach rechts. Kein Auto weit und breit. Kaum hat er jedoch die Fahrbahn betreten, schießt ein roter Kombi mit quietschenden Reifen wie aus dem Nichts auf ihn zu.

In Superzeitlupe sehen die Beobachter von ihrem Fensterplatz aus, wie der Erwin plötzlich stehenbleibt, um dem Tod in die aufgeblendeten Scheinwerfer zu blicken, wie er von der Schnauze des Killerautos erfaßt und durch die Luft gewirbelt wird. Endlose Sekunden später schlägt er lautlos auf dem Asphalt auf und rührt sich nicht mehr.

Der Kombi verschwindet um die Ecke.

»Scheiße«, sagen Trainer und Trash wie aus einem Munde, werfen einen Hunderter auf den Tisch und rennen los.

Unten auf der Straße liegt der Erwin immer noch unbeweglich da, den rechten Arm ganz unnatürlich abgewinkelt, die Jeans blutrot. Und die Marktfahrerträume vom großen Geld, vielleicht mit einem eigenen Frühlingsrollenstandl beim nächsten André-Heller-Zirkusspektakel am Rathausplatz, rinnen aus einer großen, klaffenden Kopfwunde in den Kanal. Seine Lippen bewegen sich ohne Worte, spucken Speichel und rosaroten Schaum.

»Wie bitte?« fragt der Doc und beugt sich tief zu dem Sterbenden hinunter.

Der Erwin röchelt und hustet, dann sagt er mit letzter Kraft: »Hat er mi do no dawischt, der Oasch …«

Kapitel 7:
»Der Trainer speibt«

Die Vormittagssonne holt den Trainer mit gleißender Kraft aus seinen wüsten Träumen. Er schlägt die Augen auf und schließt sie gleich wieder. Hinter seinen Lidern tanzen rote Luftballons und gentechnisch manipulierte Grapefruits vor einem schwarzweiß flimmernden Hintergrund. Das hysterische Spektakel löst in rascher Folge Kopfschmerz, Ohrensausen und Gleichgewichtsstörungen aus.

Als er sich auf seiner Bettstatt aufrichtet, verschlimmert sich die Krise noch. Das Schlafzimmer schwankt wie ein Segelboot in Seenot, und der Trainer möchte sich am liebsten über die Reling hängen und kotzen. Auch akustisch ist in der ansonsten so idyllischen Meidlinger Mansarde die Hölle los. In der Küche kreischen und wummern Skunk Anansie aus dem schwer baßlastigen Micro-Tower, im Badezimmer ist der Doc offenbar mit dem Abschlagen der Fliesen oder dem Zertrümmern des Waschbeckens beschäftigt, und noch dazu schrillt ohne Unterlaß das Telefon.

Ein vorsichtiges Blinzeln auf das Display des Videorecorders bestätigt dem Trainer, was der Kurtl an Lebensweisheit zum besten gibt, wenn im Studio wieder einmal mehr pausiert und getrunken als musiziert und gesungen wird: »Die Uhr tickt unerbittlich!«

»DO«, dringt es in einem scheußlichen Grün in die verschwollenen Traineraugen, und daneben: »11 Uhr 14.«

Was bedeutet: Das Ultimatum, das Kommissar Skocik vorletzte Nacht im *Espresso Rosi* gestellt hat, ist in nicht ganz 13 Stunden abgelaufen. Aber was sind schon 13 Stunden, wenn man die vergangene Nacht mit der Vernichtung einer Flasche Tequila zugebracht hat, weil sämtliche Spuren im Sand verlaufen sind und ein vielversprechender Informant unter den Rädern eines auf den ersten Blick harmlosen Familienwagens sein Leben ausgehaucht hat, ohne vorher ausgespuckt zu haben, was er über Rikki und ihre Männer weiß? Was sind 13 Stunden, wenn man die Unschuld von Kurt Ostbahn beweisen soll, jedoch bereits an der relativ leichten Aufgabe scheitert, aus dem Bett zu steigen und das Telefon abzuheben?

So gut wie nichts, denkt der Trainer resigniert und will sich schon wieder die Steppdecke über den Kopf ziehen, als die Tür zum Badezimmer mit einem Knall auffliegt und Trash wilden Blicks in den Schlafraum stürmt.

»Na, endlich auf?!« brüllt der Doc in einer Lautstärke, daß im geplagten Schädel des Trainers ungefähr 20.000 Gehirnzellen spontan Selbstmord begehen. »Also los, ans Werk! Wir haben nicht mehr viel Zeit.«

»Ja, ja, is scho recht …«, murmelt der soeben Erwachte und umklammert mit beiden Händen seinen Kopf. Er begreift nicht, wie der Doc schon so entsetzlich wach sein kann – wo er doch mindestens genausoviel Alkohol konsumiert hat. Und ausschauen tut er auch, als hätte der Tod in den letzten Tagen ein paarmal an seine Tür geklopft: die ansonsten tadellose Frisur total zerrauft, die Ringe unter den Augen groß wie Mokka-Untertassen und eine Gesichtsfarbe wie aus »Nacht der lebenden Toten«. Außerdem, das sieht der Trainer trotz seines Jahrhundertkaters mit erschreckender Deutlichkeit, hängt seinem Ermittlerkollegen ein beachtliches Rotzglöckerl aus dem linken Nasenloch. Muß sich wohl verkühlt haben, der Arme, gestern im wilden Transdanubien …

»Stell einstweilen einen Kaffee hin«, sagt der Trainer, als er sich aus dem Bett schwingt und schnurstracks in den Naßraum eilt, wo er erst einmal vor dem Porzellanaltar auf die Knie fällt und alles loswird, was ein echter Mann frühmorgens so loswerden muß, wenn er zu viele Bruce-Willis-Filme zu wörtlich genommen hat.

Damit ist er zwar noch nicht bereit für den Tag – aber immerhin für das, was sein schwer überforderter Anrufbeantworter ihm mitteilen will.

***

Das treue Gerät hat 17 Botschaften gespeichert, seit es vor nicht ganz eineinhalb Tagen das letzte Mal abgefragt wurde. Jetzt ist die Minikassette voll mit vertrauten Stimmen, die ihre dringenden Anliegen deponieren. Der Trainer kennt eindeutig viel zu viele Leute.

Er beschließt, auf die meisten Anfragen zu einem späteren Zeitpunkt zu reagieren – zum Beispiel, nachdem der Kurtl, der Doc und er selbst aus dem Schneider sind. Sowohl die Sache mit dem überzogenen Überziehungsrahmen, wegen der sein Sachbearbeiter aus der Bank schon wieder vorstellig geworden ist, muß jetzt warten können, wie auch die lästige Angelegenheit mit seinen ausständigen Krankenkassabeiträgen. Die frohe Botschaft von Gitti Kaltenbeck, sein kanarischer Exhund Che hätte ihr beim Äußerln im Auer-von-Welsbach-Park einen wohl entflogenen Kanarienvogel mit durchgebissener Kehle vor die Füße gelegt, läßt den Trainer an diesem Vormittag ziemlich kalt. Und die drei harschen Erkundigungen seiner Grazer Flamme Romana, ob sie sein beharrliches Schweigen als Rückzug aus ihrer jungen Liebe deuten solle, werden die nächsten Tage ebenso unerwidert bleiben müssen wie die besorgten Anrufe der Ostbahn-Kombo, die wissen will, wann die nächsten Proben- und Studiotermine stattfinden.

Erst Botschaft Nummer 15 (datiert mit heute, 4 Uhr 57) kann das Interesse des Trainers wirklich wecken:

»Ostbahn. Servas, Trainer! Wie is die Lage? Was macht die Liebe? Folgendes: Bin da in der Nähe von Lafayette, wers kennt. Wollt eigentlich nur wissen, wies der Rikki geht. Tut mir leid, daß ich mich vor der Reise nicht mehr drum hab kümmern können. Aber du weißt eh, was ich für einen Mörderstreß beinand ghabt hab. Wanns irgendwelche Wickeln gibt, speziell wegen dem Russenkredit, dann ruf mich zurück. Das Motel heißt … wart, gleich, es klopft … (Schritte, leise Stimmen) … Trainer, ich kann jetzt ned. Wir bleiben in Verbindung!«

»Wunderbar«, murmelt der Trainer, als ein Pfeifton das abrupte Ende des Telefonkontakts zu dem dringend Tatverdächtigen anzeigt. Einen weiteren Versuch, mit seinen Wiener Kriminalassistenten in Verbindung zu bleiben, hat der Kurtl offenbar nicht unternommen. Denn die sechzehnte Botschaft stammt schon von der Rosi, die gegen halb zehn an diesem grauenvollen Morgen dem Band anvertraut hat, daß die Sterbeurkunde ihrer Tochter zur Abholung beim Amt bereitliegt, und daß man daher heute noch, spätestens aber morgen (»Wia i hinkumm …«) Zugang zum Bankschließfach der Ermordeten hätte. Dann hustete sie und legte auf.

Der Doc gibt einstweilen seiner Ungeduld Ausdruck, indem er in der Küche lautstark mit dem Kaffeelöffel im Häferl klappert. »Imma schön pomali!« meint der Trainer. »Is eh gleich aus.«

»Polifka spricht«, beginnt endlich die siebzehnte und letzte Nachricht. Dann eine lange Pause. »Herr Trainer? Hallo! Polifka da! Es warat wegen der Rikki und ihrem Kreuz. Die Bandscheiben, Sie wissen schon. Und wegen dem Schiro … Kiro … Praktikant … also, wegen dem Spezialisten, den was ich ihr rekommandiert hab. A Wunderdoktor, a echter Kapazunder, wenns mi frogn. Dagegen war der Axel Munthe, hervorragend gegebn vom Oskar Werner, wie man weiß, also gegen den war der Munthe a Schas im Wald …«

Mit diesem herzhaften Vergleich endet das Band. Der Trainer, der sich keine einzige Notiz gemacht hat, weil die wichtigen Leute eh noch einmal anrufen und alle anderen sich gefälligst brausen gehen sollen, drückt die Löschtaste, um wieder Platz zu machen für neue Nachrichten aus aller Welt.

»War das nicht dieser unmögliche Polifka aus der Peep-Show?« meldet sich der Doc von nebenan. »Was wollte er denn?«

»Keine Ahnung«, sagt der Trainer schwach. »Vielleicht wollt er mir der Rikki ihren Chiropraktiker empfehlen…«

»Spul zurück! Ich will das hören!« ruft der Doc, der plötzlich vom Frühstückstisch angerast kommt und dabei seinen Kaffee übers Vorzimmer-Linoleum verteilt.

»Zu spät. Schon gelöscht.«

***

Eine halbe Stunde später sitzen Trainer und Trash in der spartanischen Bleibe des pensionierten Kinobilleteurs in der Turnergasse, nur wenige Minuten von seinem jetzigen Arbeitsplatz, der *Live Girl Revue*, entfernt. Der Polifka Rudl haust auf Zimmer-Küche im ersten Stock, genau über einem ebenso weltbekannten wie heruntergekommenen Tattoo-Studio. Eine Batterie leerer Weinbrandflaschen sowie eine säuberlich geordnete Kollektion fast aller Ausgaben des *Neuen Film-Kurier* deuten unmißverständlich auf die beiden Hauptinteressen des Bewohners hin.

Feste Nahrung hat der Polifka Rudl nicht im Haus, aber im Eiskasten gibt es zwei Liter Haltbarmilch und sechs Dosen Ottakringer. Der Doc winkt dankend ab. Der Trainer nimmt dankend ein Bier, in der stillen Hoffnung, damit die Spätfolgen der letzten Nacht lindern zu können.

Trash zieht eine Flasche Edelcognac, die er in der Hausbar des Trainers aufgetrieben hat, aus dem mitgebrachten Billa-Sackerl und stellt sie vor dem Gastgeber auf den Tisch.

»Na gehns, des wär doch wirklich ned notwendig gwesen, Herr Doktor Fesch!« freut sich der Polifka Rudl. »No dazu so a guates Tröpferl. Wirklich, sehr noblig. Normalerweis trink i ja um die Tageszeit no nix – wissens eh, wie der Bogart in ›Fluß ohne Wiederkehr‹ –, aber in dem Fall mach i glatt a Ausnahm. Scho aus Höflichkeit ...«

Mit geübtem Griff entkorkt er das Mitbringsel, prostet seinem Besuch zu und nimmt einen ordentlichen Zug aus der Flasche.

»Aaaah, wunderbar! Alsdann, was kann i für die Herrn tuan?«

Der Doc wirft seinem Kompagnon einen triumphierenden Blick zu und setzt dann zum Verhör an: »Zwei Dinge, lieber Herr Polifka. Zum einen beziehen wir uns auf Ihren Anruf von heute vormittag, in dem Sie davon berichteten, daß das selige Fräulein Horvath wegen eines wirbelsäulenbedingten Leidens auf Ihre geschätzte Empfehlung hin einen bestimmten Spezialisten aufgesucht hat?«

Eine Minute gespanntes Schweigen.

»Was sogt er?« wendet sich der Polifka Rudl ratlos an den Trainer.

»Er will wissn, zu welchem Chiropraktiker Sie die Rikki gschickt haben, und warum?« hilft der Trainer aus.

»Ois klar. Man muaß si nur verständlich ausdrücken, ned? Wartens a Momenterl.« Er wankt zur Kredenz, stirlt in einer Schublade und zieht dann eine verknitterte Visitenkarte heraus. »Hat erm scho! Primarius Dr. Ludwig Beinhauer, Peter-Jordan-Straße 36, 1190 Wien. Facharzt der Orthopädie und Chiropa ... na, wie Sie gsogt haben. Brauchens die Telefonnummer?«

»Sehr verbunden«, mischt sich der Doc wieder ein und nimmt die Karte an sich, um die existentiellen Daten in sein elektronisches Notizbuch zu übertragen. »Und wie sind Sie zu dem gekommen?«

»Des dürft i Ihnen zwar gar ned sogn, wegen dem Berufsgeheimnis und so, aber der Herr ist a Stammkunde bei uns. Und wie er amoi an Fünfhunderter in Zehner wechseln wollt, is ihm die Visitenkarten aus der Brieftaschen gfalln. I hab mas aufghobn, ma waaß jo nie, für was mas braucht.«

»Uns interessiert vor allem, wofür ihn die Rikki gebraucht hat.«

»Na, mitn Rücken hat sies ghabt, ka Wunder, bei der dauernden Tanzerei. Sie war ja a scho die Fünfazwanzg vorüber – aber immer no sehr apart, muaß ma sagen, wie die Romy Schneider, bevors der grausliche Franzos ...«

»Verstehe«, unterbricht ihn der Trainer. »Und da ham Sies dann zum Dr. Beinhauer gschickt?«

»Genau. Der hat zwar kane Kassen, aber die Ordination bei erm war der Rikki scho a Tageslosung wert. Weils gar so Kreuzweh ghabt hat ... A Bandscheibenvorfall, hat er gsagt, der Herr Primar, mit Komplikationen. Da kann ma ned vü dagegen tuan. A Kur hat sie sich ned leisten können, also hat er ihr Pulverln verschrieben, und a paar Übungen, dies a bei der Arbeit machen kann.«

»Welche Art Übungen?!« fragt Trash aufgeregt, weil eine Ahnung in ihm keimt.

»Steigerns Ihnen ned allawäu so eine, Herr Fesch, sonst trifft Ihnen no der Umschlag!« gibt der Polifka Rudl ebenso energiegeladen zu bedenken. »I waaß ned, was für a Gymnastik die Rikki in da Hackn gmacht hat, weu des geht mi auf mein Posten nämlich nix an ... Da miaßns scho den Beinhammer selber frogn.«

»Machen wir, Herr Polifka«, beruhigt der Trainer die Lage. »Wir bräuchtn aber no a Auskunft von Ihnen: Hat die Polizei bei der Durchsuchung der Peep-Show was gefunden?«

»Geh wo! Hams ned gsegn die Spinatwachter?! Die finden doch ohne fremde Hilfe ned amoi ihr eigenes Hosentürl. Tagelang hams ois aufn Kopf gstellt, aber für die Würscht.«

»Sagns: Könntns uns vielleicht an Gfallen tun? Wir müssen selber in die Lokalität hinein und schauen, ob wir eventuell einen Hinweis finden – am besten in der Nacht, wenn niemand dort ist. Sonst sitzen wir nämlich morgen im Häfen, und der Kurtl a, wenn er zrückkommt aus Amerika.«

»Wos, der Herr Kurt? Na, logisch bin i behilflich, wenn des a so is. Treff ma uns um elfe um die Eckn vom Haupteingang – i sperr Ihnen dann auf. Des mach ma wie seinerzeit der Dings, der Blacky Fuchsberger, wissens eh, in die Cotton-Filme. Erinnerns Ihnen no an die Szene, wo …«

»Also dann, auf Wiederschaun, Herr Polifka, und danke für alles. Wir müssen jetzt leider weiter! Um elf, nicht vergessen …«, beendet der Doc den neuesten filmhistorischen Exkurs und steht auf.

***

Der Trainer hängt wie ein nasser Fetzen in der Ecke, alle zehn Finger fest gegen die weißen Kacheln des großen Raumes gestemmt, und atmet tief durch. Sein wichtigstes Anliegen besteht momentan darin, das bißchen Nahrung, das er seit seinem unerfreulichen Erwachen zu sich nehmen konnte, nicht gleich wieder loszuwerden. Außer ihm halten sich nur zwei Lebende an dieser Stätte des Grauens auf – und die haben Besseres zu tun, als sich um ihn zu sorgen.

Trash und seine Herzensdame (anders kann man das wirklich nicht nennen, bei dem Gesichtsausdruck, den der Doc bei ihrem Anblick aufgesetzt hat), das entzückend honigblonde Fräulein Doktor Messeritsch, stehen am anderen Ende des Saales, über einen Tisch gebeugt, und unterhalten sich angeregt. Der Trainer will gar nicht wissen, worüber …

Er hat ja gleich Übles geahnt, als sein kriminalistischer Mentor nach der Befragung des Polifka Rudl und einem kurzen Zwischenstop beim Würstlstand entschlossen verkündete: »So, und jetzt fahren wir zur Bettina, weil uns nur die mit unserem chiropraktischen Problem weiterhelfen kann.«

Ein Taxi lud die Herren vor dem Allgemeinen Krankenhaus ab, und es dauerte keine halbe Stunde (unter Mißachtung sämtlicher bunter Bodenmarkierungen, nur so kommt man dort wohin), bis sie ihr Ziel erreicht hatten: die Prosektur.

Schon beim Eintreten in den nach Formalin, Verwesung und Wunderbäumen stinkenden Saal krampfte sich des Trainers ohnehin empfindlicher Magen zusammen. Der Anblick der Stahltische mit ihren Blutrinnen, die nur teilweise zugedeckten Körper und die Präparate, die in großen, häßlichen Einsiedegläsern auf ihren Abtransport in irgendein Horrorpanoptikum warteten, konnte den ersten Eindruck nicht verbessern.

Richtig schlimm wurde es aber erst, als der Doc schnurstracks auf Bettina, den fürsorglichen Engel aus der Kirchengasse, zustrebte und den Trainer am Arm hinter sich herzog. Die Pathologin stand in ihrer Dienstkleidung – grüne Schürze, Plastikhäubchen und Gummihandschuhe – vor einem Seziertisch, auf dem die Leiche einer mittelalten, übergewichtigen Frau mit weit auseinanderklaffendem Brustkorb weiterer posthumer Demütigungen harrte. Als der Trainer die inneren Organe der Unglücklichen sah, die in rostfreien Schüsseln rund um den Tisch verteilt waren, wurde ihm schwarz vor Augen, und er konnte sich kaum noch auf den Beinen halten.

Nicht so Dr. Trash, dem anscheinend kein Greuel dieser Welt fremd ist. Er begrüßte seine Vertraute mit einem scheuen Kuß auf die Wange und betrachtete dann angelegentlich ihr Untersuchungsobjekt. »Schädeltrauma?« fragte er nach kurzer Inspektion. »Werden wir gleich sehen«, antwortete Bettina mit einem feinen Lächeln und begann der toten Dame die Gesichtshaut abzuziehen. In dem Augenblick trat der Trainer die Flucht an. Das Geräusch der elektrischen Knochensäge hörte er Gott sei Dank nur mehr aus weiter Ferne.

»Des wär ned notwendig gewesen«, sagt er geraume Zeit später vorwurfsvoll, als der Doc und Bettina – letztere mittlerweile in Zivil – auf ihn zukommen.

»Sei nicht immer so angrührt«, rügt ihn sein herzloser Partner. »Es gibt Schlimmeres.«

Der Trainer kann sich zwar nicht vorstellen, was, aber er beschließt, großzügig darüber hinwegzugehen. »Und, wie schau ma aus?«

»Alles erledigt!« strahlt ihn die blutige Blondine an. »Da ich den Primar Beinhauer von einem Kongreß kenne, hab ich ihn einfach angerufen und gesagt, die Horvath wäre jetzt meine Patientin … was ja irgendwie auch stimmt. Die Arme hat an einem Pulposus- oder Bandscheibensyndrom gelitten, sehr schmerzhaft und äußerst schwer zu behandeln. Neben einer Spritzenkur hat er ihr Streckübungen verschrieben – Klimmzüge zur Dehnung der Wirbelsäule. Er hat sich noch erinnert, daß die Patientin gemeint hat, sie könne diese Übungen sogar während ihrer Pausen am Arbeitsplatz durchführen.«

Der Doc reibt sich die Hände und grinst zufrieden wie eine Katze, die sich gerade den Goldfisch aus dem Glas geschnappt hat. Anscheinend hat sich wieder eine seiner Theorien bestätigt, aber mit denen rückt er ja immer nur im dramaturgisch richtigen Moment heraus.

»Übrigens«, meint Bettina, »mit der Gerichtsmedizin hab ich heute auch telefoniert. Die konnten bei einer genauen Untersuchung des Wundkanals im Kopf der Horvath neben den Sprengstoffspuren winzige Plastiksplitter feststellen.«

»So, so«, meint der Doc und wendet sich nachdenklich zum Gehen. Der Trainer, nur noch ein Schatten seiner selbst, schlurft ihm hinterher. Sobald er aus dem AKH-Labyrinth heraußen ist, muß er sich unbedingt hinlegen. Für mindestens drei Wochen.

***

»Sodala, gemmas an!« krakeelt der Polifka Rudl, der dem Cognac in der Zwischenzeit anscheinend den Rest gegeben hat. Trash und der Trainer, die sich im Hauseingang verborgen halten, sehen sich nervös nach neugierigen Anrainern um, während der Exbilleteur vor dem Künstlereingang der *Live Girl Revue* mit einem gigantischen Schlüsselbund hantiert.

»Paßt!« ruft er nach endlosen Sekunden und reißt ebenso lautstark wie schwungvoll die Tür auf. »Sesam, weckerl dich!«

»Ich fleh Sie an, Herr Polifka, machens nicht so einen

Krawall, sonst haben wir die Funkstreife am Hals«, flüstert der Trainer, als er eilig das Etablissement betritt.

»Die Kieberei, Herr Trainer, kann gevifte Kriminalisten wie unsereins überhaupt am Orsch lecken«, lallt Polifka. »Wissens, i wollt immer scho a Privatdetektiv werden, am liabsten so ana wie der Nero Wolfe, der wos nämlich gar nie ausn Haus gangen is ... Aber so is a spannend.«

Der alte Mann ist in seinem Glück. Er führt die nächtlichen Besucher in die Umkleidekabine der Live Girls, wo es nicht nach Desinfektionsspray, sondern nach süßlichem Billigparfüm duftet.

»Do is immer gsessn, die Rikki, wenn's grad ned dran war«, sagt der Kassenwart des Sexualtempels und zeigt auf einen der Sessel vor der Reihe halbblinder Schminkspiegel. »Und dauernd hats ihr Nasn in a Büchl gsteckt. A gscheits Madl wars, aber des hat ihr am Ende a nix gnutzt...«

»Hat die Horvath hier auch geturnt, was glauben Sie?« unterbricht Trash seine sentimentalen Anwandlungen.

»Nie im Leben! Sie wollt mit die Ostblocktrutscherln möglichst wenig ztuan habn. Hat kaum a Wort mit ihnen gredt – und umgekehrt a ned, weu jo die meisten eh ka Deitsch kennan. Die Rikki wär nie auf die Idee kummen, vor die jüngeren Madln ihre Kreuzwehübungen zu machn. Da hätts do glei ghaßn, sie is zu alt für des Gschäft.«

Der Doc nickt nur und sieht sich – mit Hilfe seiner schwarzen, massiven und äußerst leistungsstarken Taschenlampe, Marke »Akte X« – auf der Tanzfläche um. Der Trainer erforscht in der Zwischenzeit den Verbindungsgang zwischen Garderobe und Bühne, während sich der Polifka Rudl damit vergnügt, seine beiden Mitverschwörer zu erschrecken, indem er seine Lampe unters

Kinn hält und sie dann plötzlich anknipst. Das hat er in irgendeinem Film gesehen.

»Ich hab's!« ruft der Doc, winkt den Trainer zu sich und richtet den Lichtstrahl auf eine Stelle, die etwa 30 Zentimeter über dem Saum der roten Kunstsamttapete liegt. »Siehst du das?«

Der Trainer kneift die Augen zusammen und erblickt einen Querbalken, zu dem ihm überhaupt nichts einfällt.

»A Stückl Holz«, sagt er nur und blickt den Doc fragend an.

»So ist es. Genau hier hat die Rikki ihre Bandscheiben entlastet. Versuch's doch bitte einmal, du bist eindeutig der Sportlichere.«

Mit einem Achselzucken tritt der Trainer vor die Wand, geht federnd in Position und zieht sich mit beiden Händen an dem Balken hoch. Kurz bevor er sein Kinn auf das Holz legen kann, verläßt ihn jedoch die Kraft, und aus dem Klimmzug wird ein ziemlich schwacher Abgang.

Sein Glück. Denn im selben Augenblick, als er sich der Schwerkraft ergibt, schießt mit einem lauten Klacken ein Metallbolzen aus der Wand – genau auf die Stelle zu, wo sich jetzt der Kopf des Trainers befinden müßte. Der tödliche Schatten verschwindet sofort wieder, doch der kreidebleiche Privatermittler weiß genau, daß er dem Buttenhansel dank seiner doch nicht so tollen Kondition gerade noch von der Schaufel gesprungen ist.

»Leck«, haucht er nur. »Des war knapp.«

»So ist es«, sagt der Doc und schaut dabei auf die Uhr. Fünf vor zwölf. »Geh und frag den Polifka, ob man da irgendwo telefonieren kann.«

»Unglaublich, aber wahr, der sogenannte Trainer und sein sauberer Freind, der Dresch!« ätzt Kommissar Skocik, als ihm die Herren eine Viertelstunde später die Hintertür der *Live Girl Revue* öffnen. Den Polifka Rudl haben sie nach Hause geschickt, im eigenen und seinem Interesse.

»Ich will ja gar ned wissn, wie Sie da hereingekommen sind«, macht sich der Krimineser, der auch außerhalb der Dienstzeit so aussieht, als sei er der ersten Staffel von »Miami Vice« entstiegen, überflüssige Gedanken. »Aber das wird sich auf alle Fälle gut in Ihrer Strafanzeige machn: Hausfriedensbruch, unbefugtes Betreten, eventuell sogar Beihilfe zum Mord ...«

»Jetzt passen Sie einmal auf!« wird der Doc überraschend laut. »Glauben Sie wirklich, wir hätten Sie angerufen, wenn wir hier widerrechtlich eingedrungen wären, um Beweise zu beseitigen? Wir haben die Mordwaffe entdeckt, genau am Tatort, den Sie tagelang durchsucht haben! Wär das nicht höchst blamabel, wenn diese Information an die Medien gelangt?«

»Was heißt da Mordwaffe? Wollns mich erpressen?«

»Im Gegenteil: Wir bieten Ihnen einen Deal an. Sie kassieren ganz allein den Ruhm, den Tathergang eigenhändig aufgeklärt zu haben, und dafür lassen Sie uns in Frieden.«

Skocik denkt kurz nach. »Von mir aus«, stößt er dann zwischen zusammengepreßten Zähnen hervor. »Aber jetzt erklärens mir gefälligst, was da los war.«

»Des Rätsels Lösung ist ebenso einfach wie genial«, verkündet Trash, als er Skocik zur Tanzfläche führt. »Wenn Sie Ihre Arbeit getan hätten, dann wüßten Sie, daß das Fräulein Horvath ein chronisches Rückenleiden hatte. Ihr

Chiropraktiker hat ihr unter anderem einfache Übungen verschrieben – Klimmzüge nämlich. Und die hat sie an diesem Balken gemacht.«

Skocik folgt dem Lichtstrahl der Taschenlampe und fragt sich laut: »Na und? Des soll a Lösung sein?«

»Der Mörder muß von den Bandscheibenproblemen der Horvath gewußt haben, und auch davon, daß sie immer, wenn gerade kein Peep-Show-Kunde durchs Fenster schaute, an genau dieser Stelle geturnt hat. Irgendwie ist es ihm gelungen, eine diabolische Schußvorrichtung anzubringen, die durch das Gewicht eines menschlichen Körpers ausgelöst wird – und zwar mit ein paar Sekunden Verzögerung, um präzise ins Gesicht des Opfers zu treffen. Ich nehme an, daß es sich um eine Art Bolzenschußgerät handelt. Das Geschoß rast mit großer Wucht lautlos nach vorne, wird blitzschnell von einer Stahlfeder zurückgezogen, das Opfer stürzt tot zu Boden, und niemand kommt auf die Idee, die Mordwaffe in mehr als zwei Metern Höhe zu suchen.«

»Und der Apparat is wirklich da oben?« fragt der Kommissar zweifelnd.

»Eindeutig«, meldet sich der Trainer, dem wegen des Schocks über sein knappes Davonkommen schon wieder kotzübel ist. Skocik mustert ihn und weiß: So ein Gesicht kann nicht lügen.

Kapitel 8: »Bang, Bang – Juri's Silver Hammer«

»Is die Kontaktsperre beendet?« fragt der Trainer, als er am Sonntagnachmittag – wie immer unangemeldet – vor Dr. Trashs Tür steht.

So beleidigt er tut, in Wirklichkeit ist er ganz froh, daß er nach den lebensgefährlichen Recherchen in der Peep-Show endlich ein paar Tage Ruhe gehabt hat. Der Trainer hat die Zeit dazu genutzt, sich auszuschlafen, der Körperpflege zu frönen und am Telefon zu versuchen, das durch den Mordfall schwer gestörte Verhältnis zu seiner Grazer Buchhändlerin wieder ins Lot zu bringen.

Was der Doc in der Zwischenzeit getan hat, weiß man nicht so genau. Vielleicht als Söldner irgendwo im afrikanischen Busch gekämpft, oder ein Löwenbändiger-Training gemacht. Auf jeden Fall sieht er noch zerstörter und übermüdeter aus als in der Nacht auf Freitag. Und besser gelaunt dürfte er auch nicht sein.

»Wird Zeit, daß du auftauchst«, fährt er seinen Besucher an. »Komm, wir besuchen die Bettina.«

»Wieso, haben die Hackler deine Wohnung noch immer nicht renoviert?« fragt der Trainer und versucht, an Trash vorbei einen Blick ins Vorzimmer zu erhaschen. »Dein elektronischer Supergau war doch schon am Montag …«

»Bei der Bettina gibt's Kaffee und Gugelhupf. Bei mir nur Festplatten mit Kabelsalat. Also los.«

***

Während der Trainer eine Etage weiter oben Mehlspeis und Schlagobers in sich hineinschlingt, blättert er interessiert in den Sonntagszeitungen, die er auf dem Weg in die Kirchengasse aus ihren Klaubeuteln befreit hat.

»Na, der Skocik schmückt sich ja ordentlich mit unseren Lorbeeren«, spricht er mit vollem Mund und reicht das Kleinformat über den Tisch.

»Aha, sehr interessant!« sagt der Doc. »Bei der Tatwaffe handelt es sich also um einen von fachkundiger Hand umgebauten Schlachtschußapparat. Das Gerät wurde in einem Luftschacht angebracht und durch Druck auf den Querbalken ausgelöst. Wie wir vermutet haben. Skocik führt weiter aus, ›daß die tödliche Bolzenschleuder von der anderen Seite der Wand aus montiert wurde. Dort befinden sich die Räumlichkeiten eines ehemaligen Gasthausbetriebs, der vor vier Jahren wegen hygienischer Mängel geschlossen wurde.‹ Hab ich mirs doch gleich gedacht …«

»Verstehe«, sagt der Trainer, obwohl er wieder einmal gar nichts versteht. »Übrigens – die Rosi hat seit vorgestern mindestens zwölfmal auf mein Bandl geredet. Sie hat die Sterbeurkunde abgeholt und den Banksafe von der Rikki geräumt. Wir sollen so schnell wie möglich zu ihr ins *Espresso* kommen, am besten noch heut, weil Montag is Ruhetag. Und dann wär da noch a Sache, über die man am Telefon ned redt, sagt sie.«

***

Eine erdrückende Schwüle liegt über der Stadt. Weit und breit keine Gewitterfront in Sicht, die endlich Abkühlung bringen könnte. Und um neun, also in einer knappen

Viertelstunde, beginnt die Direktübertragung irgendeines entscheidenden Fußballspiels. Der Trainer, Dr. Trash und Bettina, ihr ärztlicher Beistand am Steuer, kennen sich beim Sport nicht so aus. Aber sie begrüßen, daß die brütende Hitze und König Fußball die Straßen, die ins liebliche Liebhartstal hinausführen, leergefegt haben.

An einem solchen Sonntagabend, vermutet der Trainer, herrscht in Etablissements wie dem *Espresso Rosi* wahrscheinlich absolute Flaute. Er rechnet mit höchstens zwei, drei Stammgästen, männlich und über fünfzig, denen das Ländermatch egal ist, entweder aus Frust über die unfähige Nationalmannschaft oder weil ihnen zu Hause vor lauter Alleinsein der Plafond auf den Kopf fällt.

Aber der Trainer irrt. Als sie das *Rosi* betreten, herrscht unter dem gemächlich rotierenden Deckenventilator Hochbetrieb. In den plüschigen Nischen halten swingende Pärchen Ausschau nach Gleichgesinnten, und an dem halben Dutzend Tischen rund um die kleine Tanzfläche warten einsame Herzen mittleren Alters auf die Aufforderung zum Tanz ins späte Glück.

Sade haucht dazu »Smooth Operator«.

»Eine von deinen Spezial-Cassetten?« erkundigt sich der Doc, als sie die drei freien Hocker an der Bar anpeilen. Der Trainer nickt nicht ohne Stolz und fragt sich dann halblaut: »Eine wunderschöne Frau mit einer wunderschönen Stimme. Was aus der wohl geworden ist?«

»Alleinerziehende Mutter«, weiß der Doc.

Wie auf Stichwort steht plötzlich die Rosi vor ihnen und stellt hustend ein Tablett mit Gläsern ab. »Also ohne der Rikki ihr Hilf is so a Sonntag nimmer zum Derpackn. Ned in meinem Alter«, klagt sie. Der Schweiß hat bereits jetzt, zu so früher Stunde, tiefe Furchen in ihr Make-up gegraben. Die Rosi schupft den Laden heute ganz allein. Sie schenkt aus. Sie schenkt ein. Sie serviert und kassiert. »Weil auf eine Aushilfe kannst dich heutzutag ned verlassen. Entweder sie hängt faul umadum wie a stinkerts Gsöchts und rührt sich nur zum Handaufhalten. Oder sie is fix und bscheißt dich dafür bei der Abrechnung nach Strich und Faden. Und außerdem: Find einmal eine, die was gleichschaut, halbwegs ein Niveau und einen Schmäh hat, und noch dazu flexibel ist, wanns später wird und einer von den Gästen vielleicht einen Sonderwunsch hat.«

»Schwer«, sagt der Trainer und nickt voller Anteilnahme. »Sehr schwer.«

Bettina hat sich die Personalprobleme der trauernden Wirtin mit staunendem Interesse angehört und zugesehen, wie die Rosi während ihres Monologs die schmutzigen Gläser in den Geschirrspüler gestapelt und dann begonnen hat, mit flinker Hand die nächsten Bestellungen zu mixen. Gin Fizz. Einen Literkrug Sangria. Diverse Sommerspritzer.

»Apropos«, sagt der Doc.

»Jessasna«, liest die Rosi in seinen Gedanken. »Was wollts denn trinken? Geht selbstverständlich auf Haus.«

Der Doc freut sich über den Happysound von Herb Alpert und seiner Tijuana Brass und ordert prompt Tequila. Bettina und der Trainer bescheiden sich mit beinahe alkoholfreien Erfrischungen, die auf so unmögliche Namen wie »Radler« oder »Spezi« hören.

Dann holt die Rosi unter der Budel einen Packen Briefe hervor. »Des war in der Rikki ihrem Schließfach. Und ein bißl ein Schmuck. Eine Brosch, ein paar Ringe, goldene Ohrclips mit Brillanten, die ned einmal so tun, als wärns echt. Also, verwöhnt is ned worden, die Rikki, von ihre Verehrer. Vielleicht könnts ihr was anfangen mit der Korrespondenz.« Sie tippt auf den obersten Brief des Stapels. »Der gschleckte Piefke mit seinem Kreditvertrag war übrigens gestern bei mir. Ich soll die Schulden meiner Tochter übernehmen. Andernfalls würden seine Auftraggeber Interesse an meinem Lokal anmelden. Ich hab ihm einen kleinen Braunen serviert und einen großen Scharlachberg und zu ihm gesagt, wie die Leut im Fernsehen, daß ich dazu gar nix sag ohne meinen Rechtsanwalt.«

»Unser Freund Schraake«, sagt der Doc.

»Und Sie sind doch Anwalt, oder?« wendet sich die Wirtin an Doktor Trash.

»Nicht direkt«, antwortet der. »Aber dieser Schraake ist gefährlich. Schaut gar nicht gut aus.«

***

Bettina und der Trainer haben sich mit Rikkis Nachlaß in eine der diskreten Plüschnischen zurückgezogen. Die angehende Pathologin und der ausnahmsweise ausgeschlafene Privatermittler studieren, was der für das Inspektorat des Marktamts tätige Dieter Dietrich seinem Schwarm in mindestens dreißig handgeschriebenen Briefen mitzuteilen hatte. Der Doc ist zwar grundsätzlich interessiert, muß aber dringend nachdenken. Deshalb hält er die Stellung an der Bar, in Gesellschaft einer Flasche Olmeca, die ihm die Rosi hingestellt hat.

»Dieter Dietrich«, sagt er sich immer wieder vor, und es

klingt bald wie die Beschwörungsformel eines brasilianischen Voodookults.

»Ja, und?« erkundigt sich die Rosi, als sie wieder einmal den Geschirrspüler mit dreckigen Gläsern füllt.

»Dieter Dietrich«, sagt der Doc, und sein Blick schweift, wie so oft in den letzten Tagen, in unendliche Weiten. »Seine Eltern müssen das unwahrscheinlich lustig gefunden haben. Haben ihn garantiert Didi gerufen und ihm ein Didi-Stecktuch für den Erstkommunionsanzug geschenkt, und später dann weiße Didi-Baumwolltaschentücher, Didi-Unterhosen und Bettzeug mit Didi-Monogramm. Hat ihnen sicher Spaß gemacht, den alten Dietrichs. Aber wie wir Kriminalisten wissen, kann so ein Name einen Menschen sein ganzes Leben lang traumatisieren.«

Anstatt auf die wunderlichen Ausführungen des Doc näher einzugehen, hüstelt die Rosi nur leise, heizt sich eine leichte Marlboro an und widmet sich danach wieder schweigend ihrer Arbeit. Als das nächste Tablett mit Erfrischungen beladen ist, muß sie aber doch was loswerden, das sie bereits den ganzen Abend beschäftigt:

»Also, der Trainer und das Fräulein Bettina schaun aus wie füreinander gmacht. Gfallt ma. Und freut mich. Speziell für den Trainer. Weil was der schon für Grammeln angschleppt hat in den vielen Jahren, die ich ihn jetzt kenn! Wie lang geht denn das schon mit die zwei?«

»Keine Ahnung«, meldet sich der Doc aus einer andereren Dimension und setzt dann langsam zur Landung an. »Wissen Sie, ich kann nicht über mysteriöse Machinationen nachdenken, wenn es rund um mich so menschelt.«

»Eh klar«, sagt die Rosi. Und ihr Blick sagt, daß sie sich

bei diesem Doktor mit ihrem Kreditproblem nicht gut aufgehoben fühlt.

***

In Dieter Dietrichs schwülstigen Briefen ist immer wieder von Rikkis »Anmut« und »Reinheit«, ihrer »unschuldigen Grazie« und den drohenden »Dämonen des Lasters und der Sünde« die Rede. Der Verehrer versteigt sich in alttestamentarischen Betrachtungen über die »Spiritualität der Liebe« und warnt seine Angebetete vor den »Abgründen der Fleischeslust«: *Und Menschen, die wie Tiere sind, willenlose Opfer ihrer dumpfen Triebhaftigkeit, sollen von uns erlöst werden durch den Gnadenschuß!*

»Na prack, der hat vielleicht an Hieb!« wundert sich der Trainer.

Bettina verlangt es angesichts dieser Zeilen dringend nach etwas Hochprozentigem, auch auf die Gefahr hin, daß die froschgrüne Rostlaube des Trainers heute nacht im Liebhartstal wird parken müssen. Als die Rosi wieder an ihrem Tisch vorbekommt und einen Blick auf die Dietrich-Briefe wirft, weiß sie sofort Bescheid: »Also mir is des Gschreibsl von dem komischen Dietrich afoch zu hoch und zu gschwolln. Typisch Beamter, wia der Grillparzer. Und Inspektor beim Marktamt is er a no dazua. Die Typen hab i scho gfressn. Eines von denen Arschlöchern hat mir seinerzeit die Karriere ruiniert. Wann i gwußt hätt, daß sich die Rikki mit so einem gschissenen Paragraphenritter was anfangt, i hätts gfragt, obs deppert is in da Birn. Und i hätt ihr gsagt, daß sie dafür ghaut ghört mit nasse Fetzen!«

Die Rosi hustet.

»Tschuldigen schon«, sagt sie dann zu Bettina. »Aber weils wahr is.«

»So ein Inspektor vom Marktamt, hat der eigentlich auch Einblick in die Baupläne von einem Lokal?« fragt der Trainer.

»Der hat Einblick in alles, was er will!« ereifert sich die Rosi. »Was glaubst, warums mir seinerzeit, im 77er Jahr, die Bude in Simmering zuadraht habn?«

»War da ned was mit der Hygiene in der Küche?« glaubt sich der Trainer dunkel zu erinnern.

»Ahwos, Hygiene! Der Notausgang war ned vorschriftsmäßig beschildert und in dem Sinn auch ned benützbar, weil i in dem Kammerl dahinter mei Getränkelager ghabt hab. Aber des wär alles kein Problem gwesen, wann i dem Herrn Inspektor damals tiefere Einblicke gewährt hätt!« Die Rosi beugt sich zu Bettina und dem Trainer hinunter und präsentiert mit einem verbitterten Hüstler ihr welkes Dekolleté.

»So schauts aus!« sagt sie. »Oba ned bei mia!« Dann rauscht sie ab in Richtung Bar, mit dem Versprechen, bei ihrer nächsten Runde zwei große Tequila mit Zimt und Orange vorbeizubringen.

»Wann euer Doktor die Flaschn inzwischen ned selber wegbürschtelt hat. Der hat einen Zug drauf, des is ma nimma wurscht!«

***

Auf der Tanzfläche schiebt sich ein reifes Paar zu »Blueberry Hill« übers Parkett.

»Da Gottfried und die Gabi«, hält die Rosi den Doc

über das Balzverhalten ihrer Gäste auf dem laufenden. Die Tänzer sind gut über fünfzig, braungebrannt und durchtrainiert, und ihr Interesse gilt augenscheinlich einem aparten Pagenkopf mit Brille. Besagte Dame ist so etwa in ihrem Alter, sitzt allein an einem Tischchen vor der Tanzfläche und nippt an einem Kir Royal. Dabei spreizt sie den kleinen Finger weg, wie man das im Liebhartstal noch nie zuvor gesehen hat.

Der Doc verfolgt fasziniert das Treiben. Er hat nicht so oft Gelegenheit, echten Menschen bei der Anbahnung ihrer zwischenmenschlichen Beziehungen beizuwohnen.

»Des wird nix, Freunde«, meint die Rosi, als sie das Tablett abstellt und sich eine Zigarette zwischen die Lippen steckt. »Bei der Frau Uschi san meine zwa Sportler leider im Oasch daham.«

»Inwiefern?«

Die kontaktfreudigen Tänzer, erfährt der Doc, während die Wirtin neue Getränke einschenkt, sind seit mindestens vier Jahren Stammgäste. Gottfried und Gabi betreiben eine Sportartikelhandlung in der Hütteldorferstraße und haben eine Badehütte in Kritzendorf. Und da ist es passiert. In den Donauauen. Vor fünfeinhalb Jahren. Der Gottfried war auf seinem Bike unterwegs, in Richtung Strandbad, da stand auf einmal dieses Viech vor ihm auf dem Weg. Ein kleiner Hund, eine große Katze, vielleicht ein Biber – man weiß es bis heute nicht. Jedenfalls hat der Gottfried zu gach gebremst und das Radl verrissen. Und dann ist er höchst unglücklich gestürzt, nämlich so, daß ihn die Lenkstange seines Fahrrads seiner Männlichkeit beraubt hat. Hodenmäßig.

»Jetzt ham die zwei ein Wasserbett, einen verspiegelten

Plafond, und der Gottfried filmt mit seiner Videokamera alles, was die Gabi so treibt, vorzugsweise mit unternehmungslustigen Damen«, informiert die Rosi den Doc.

»Faszinierend. Und was spricht in diesem Zusammenhang gegen die charmante Lady mit Brille?« erkundigt sich Trash nach einem ordentlichen Schluck Olmeca.

»Die Frau Uschi? Die Frau Uschi ist eine ganz reizende Person. Frau Magister. Aus einer alten Apothekerfamilie. Aber schon des vierte Mal Witwe. Ein tragisches Schicksal. Ein halbes Jahr wirds her sein, da hat sie ihren letzten Mann begraben. Herzinfarkt. Wie alle ihre Männer. Vier Mannsbilder im besten Alter, und die sterben ihr unter der Hand weg. Die Frau Uschi hat draus glernt. Sie kommt ned oft vorbei, aber wann, dann sucht sie Anschluß bei der Jugend. Junge Burschen mit einem strammen Hintern und einem gsunden Herz.«

»Verstehe«, sagt der Doc. Ihm will nicht und nicht der Name des Präparats einfallen, mit dem man zum Beispiel Ehemänner per Herzinfarkt ins Jenseits befördern kann, ohne die Gerichtsmedizin mit dem Todesfall überhaupt zu behelligen.

Auf diese Weise wurden schon viele Probleme gelöst und auch viele Vermögen angehäuft.

Bettina wüßte den Namen des Medikaments sofort. Aber die sitzt mit dem Trainer bei Kerzenlicht in einer von Rosis plüschigen Nischen und ist in die Briefe an eine tote Tänzerin vertieft.

Der Doc fragt sich, ob er den langen Marsch von der Theke zu seiner honigblonden Pathologin auf sich nehmen soll. Aber die Distanz ist einfach zu groß. Ein Tagesmarsch minimum.

Dann meldet sich eine andere innere Stimme, eine, die nur ganz selten zu ihm spricht. »So kanns nicht weitergehen«, mahnt sie. Und das gleich fünfmal hintereinander.

»So ist es«, sagt der Doc laut.

***

Bettina und der Trainer haben sich an der Theke zu ihrem düster dreinblickenden Ermittlerkollegen gesellt, bei dem sie die soeben gewonnenen Erkenntnisse loswerden wollen. Aber der Doc hängt momentan ganz anderen Gedanken nach:

»Warum haben wir kein ›Mendocino‹ gehört?«

»Wir haben ›Mendocino‹ gehört, Doc«, kontert der Trainer. »Und zwar nach ›96 Tears‹ und vor ›Let's Twist Again‹. In der Originalversion. Sir Douglas Quintet.«

»Dann bin ich ja beruhigt«, schmunzelt Trash und füllt die drei Gläser mit dem spärlichen Rest aus der Tequilaflasche, die sich Bettina unbedingt mit nach Hause nehmen und im Wohnzimmer als Blumenvase aufstellen will.

»Abgesehen davon, daß der Herr Dieter Dietrich einen schweren Dachschaden hat …«, beginnt die Honigblondine, und der Doc fällt ihr gleich lautstark ins Wort.

»Kein Wunder. Der Mann ist gestraft fürs Leben mit diesem Namen!«

»Abgesehen davon«, nimmt Bettina einen neuen Anlauf, »hat er spätestens seit dem Tod seiner Frau ernsthafte Probleme mit seinen Kindern. Es gibt da einen Brief, wo eigentlich ausschließlich von seinem ältesten Sohn Sascha die Rede ist, der unsere Rikki bei dieser unsäglichen Kinderjause angestarrt hat wie ein Wesen vom anderen Stern.«

»Dieser Sascha«, fährt der Trainer fort, »war offenbar ein Wunderkind. Eine Klavierbegabung, kurz vor dem Durchbruch zum internationalen Konzertniveau. Und ein Mathematikgenie noch dazu. Aber nach dem Tod der Mutter hats bei ihm ausgesetzt – der emotionale Schock wahrscheinlich, darüber läßt sich der Dietrich nicht näher aus. Seither vernachlässigt er sein Talent, ist zwider und kontaktscheu, sozusagen auf die falsche Bahn geraten. Meint wenigstens der feine Herr Vater ...«

»Der Bub ist jetzt 24 Jahre alt und verdient sich seinen Lebensunterhalt als Alleinunterhalter Sascha Delrue«, referiert Bettina weiter. »Er tritt ein paarmal pro Woche in der Pianobar irgendeines Hotels auf. Und dort lebt er auch seine Beziehungsprobleme aus. Da er laut Dietrich senior unfähig ist, eine enge Bindung einzugehen, läßt er sich dauernd von Frauen aufreißen, die um einiges älter sind als er.«

»One-night-stands mit agilen Reisebus-Rentnerinnen«, wirft der Trainer ein. »Meines Erachtens leidet der Typ unter einem schweren Mutterkomplex – und so wie er sich der Rikki gegenüber benommen hat, ist er automatisch verdächtig.«

»Da hast du nicht unrecht«, lobt der Doc. »Man müßte sich einmal näher mit dem jungen Mann befassen. Aber wie an ihn herankommen ...?«

Dann erhellt ein gemeinsamer Geistesblitz ihre von Schnaps und Strapaz gezeichneten Gesichter. Sie betrachten die immer noch einsame Frau Uschi, für die sich heute wohl kein knackiger Knabe finden wird. Und dann schauen sie die liebreizende Bettina an, und ihre Blicke wandern hin und her, bis Bettina schließlich weiß, was in den Gehirnen ihrer zwei Begleiter gespielt wird.

»Nie im Leben«, sagt sie. »Das kann doch nicht euer Ernst sein!«

»Freilich ist es unser Ernst«, meint der Doc. »Kannst du dir etwa den Trainer als Dame im besten Alter vorstellen, die sich an diesen Sascha heranmacht? Den schaut doch so schon keiner an …«

Dann geht er kurz telefonieren. Als er zurückkommt, verkündet er, daß es sich bei besagtem Etablissement um das *Hotel Kiwi* am Gürtel handelt (interessanterweise fast genau gegenüber der *Live Girl Revue*) und daß Sascha Delrue morgen zur Happy Hour dort aufspielen wird.

»Wie hat der des so schnell aussegfunden?« fragt die Rosi in fast ehrfürchtigem Flüsterton den Trainer.

»Keine Ahnung«, erwidert der frustriert. »Sowas macht er dauernd.«

Da öffnet sich die Tür des Single-Treffs, und der smarte Herr Schraake steht im Lokal. Als er Dr. Trash und den Trainer erblickt, zieht der Kredithai kurz ein Gesicht, als würde ihn ein Schas drücken, dann macht er sofort kehrt und verschwindet.

»Der verdammte Piefke schon wieder«, zischt der Doc mit für ihn untypischer Gehässigkeit. »Ihm nach!«

Doch als die drei ins mitternächtliche Liebhartstal hinausstürmen, wehen ihnen nur mehr die Auspuffgase von Schraakes flottem Kabrio ins Gesicht. Ein kurzer Blick auf die froschgrüne Rostlaube des Trainers genügt: Heute nacht ist garantiert keine Verfolgungsjagd angesagt.

***

Bei einem letzten Gläschen in Bettinas heimeliger Küche werden die Pläne für die morgige Happy Hour in der Pianobar noch bis ins kleinste Detail durchgesprochen. Gegen zwei Uhr verabschiedet sich der Trainer, weil er schon wieder todmüde ist und außerdem noch in Graz anrufen muß, zwecks nächtlichem Liebesgeflüster. Da er in seinem Zustand dem antiquierten Aufzug nicht traut, wackelt er zu Fuß die Stiegen hinunter. Eine Minute später läutet es Sturm.

Draußen steht der schreckensbleiche Trainer und hält sich den empfindlichen Magen. »Doc, du mußt sofort mit mir runterkommen, es is was Furchtbares passiert!« keucht er.

Die Herren eilen ein Stockwerk tiefer, gefolgt von Bettina, die sich schön langsam fragt, wann wieder Ruhe in ihr Leben einkehren wird. Es dauert ein paar Sekunden, bis sie im trüben Licht der Gangfunzel erkennt, was den Trainer so erschreckt hat – aber dann trifft sie fast der Schlag, obwohl sie derartige Anblicke eigentlich gewöhnt sein müßte.

Irgendwer hat eine Katze an Trashs Wohnungstür befestigt. Mit mindestens einem Zwölfernagel. Und den Schädel hat man dem Tier – hoffentlich vor der Kreuzigung – auch noch eingeschlagen.

»Tut mir leid um dein Katzerl, Doc!« kondoliert der Trainer, als er endlich wieder sprechen kann.

»Ich fürchte, der Schock hat deine Sinne verwirrt«, weist ihn Trash zurecht. »Seit wann hab ich ein Haustier?! Hier handelt es sich um den Kater der Nachbarin, der seit Jahren frei im Haus herumstreunt und sämtliche Ecken markiert. Ist sowieso nicht schade um das Viech … Aber anscheinend will mir jemand eine Warnung zukommen lassen.«

»Habt ihr vielleicht schon bemerkt, daß die Tür nur angelehnt ist?« unterbricht Bettina die Diskussion. Im selben Augenblick ertönt ein lautes Krachen, das seinen Ursprung in Trashs Datenzentrale haben muß.

Der Trainer wendet sich zur Flucht, wird aber von der Hand des Doc am Kragen gepackt und über die Schwelle der aufgebrochenen Wohnung gezogen. Auf Zehenspitzen schleichen die Ermittler durchs Vorzimmer und stellen mit Schrecken fest, daß rund um sie Chaos und Verwüstung herrschen. Der Eindringling hat sich anscheinend bemüht, jeden Wertgegenstand mit brutaler Gewalt in seine Einzelteile zu zerlegen. Der seltsame Benzindunst, der über dem Trümmerfeld schwebt, ist auch nicht gerade dazu angetan, den Trainer zu beruhigen.

»Na servas!« haucht er entsetzt, als er das Zimmer betritt, in dem Trashs soeben erst restaurierte Computeranlage schon wieder in den letzten Zügen liegt. Plötzlich tritt ein etwa zwei Meter fünf großes, breitschultriges Individuum im dunklen Kunststoffanzug hinter einem Regal hervor. In der Hand hält der pockennarbige Riese einen blutverschmierten X-Large-Hammer, mit dem er offenbar die Katze erledigt und dann auch noch die Einrichtung demontiert hat.

»Halt dich da raus«, grollt der Unhold mit schwerem Ostakzent den Doc an, bevor er schnellen Schrittes die Stätte des Grauens verläßt. Kaum ist er weg, steht auch schon Bettina in der Tür. In der Hand hält sie die obere Hälfte einer zerbrochenen Medizinflasche und nickt wissend, als hätte sie so was schon längst geahnt.

»Wer steckt da wieder dahinter?« fragt der Trainer seinen verzweifelt dreinschauenden Kompagnon.

»Jeder ist verdächtig«, antwortet der Doc, dem die Lust am Detektivspielen soeben gänzlich vergangen ist.

Kapitel 9: »Gator Bait«

»Gibts doch gar nicht«, sagt der Trainer erstaunt. »Auf des Zeug bist du süchtig?!«

Er hält ein zerbrochenes braunes Medizinfläschchen der *Apotheke zur Schmerzensmutter* in der Hand und starrt zum wiederholten Mal das Etikett an: »Ether, 100 ml. Leichtentzündlich.«

Der Doc wirft seinem Ermittlerkollegen einen gequälten Blick zu und klammert sich an eine Bierdose, als wäre sie das letzte, das ihn am Boden der Realität hält. Obwohl – die Realität ist auch nicht mehr das, was sie einmal war. Schlimm genug, daß seine Wohn- und Arbeitsräumlichkeiten gerade wieder dem Erdboden gleichgemacht wurden; aber daß Bettina in dem Chaos auch noch sein geheimes Laster aufspüren mußte, hat ihm den Rest gegeben. Sie hat nur einen enttäuschten Blick aufgesetzt und dann dem Trainer das Beweisstück und ein Buch in die Hand gedrückt. Dann ist sie mit den Worten »Ich glaub, ich laß euch zwei jetzt lieber alleine« in ihre Wohnung verschwunden. Trash seufzt hoffnungslos und sieht sich um.

Die *Grill-Bar*, wie sich der Würstelstand in der Mariahilferstraße seit dem Umbau nennt, verkörpert für ihn alles, was mit den neunziger Jahren nicht stimmt. Fliesen, Chrom, saubere Oberflächen, elektronische Spielautomaten und oben im Eck ein Fernseher, der dauernd MTV spielt, wenn nicht gerade ein Match auf dem Programm steht. Die Schmuddelatmosphäre von anno dazumal, mit krachiger Musik aus dem Kofferradio und Sandlern, die mitten in der Nacht bei fünf Grad minus »a Burenheidl« schnorren wollten, ist der seelenlosen Fadesse der freien Marktwirtschaft gewichen. Heutzutage darf jeder Würstelverkäufer den Unternehmer spielen, am liebsten mit eigenem Aktien-Portfolio. Der Doc schüttelt den Kopf, seufzt noch einmal und preßt die kühle Bierdose gegen seine Stirn.

»Hallo, hallo – Erde an Doktor Trash!« ruft der Trainer und wedelt ihm mit der Hand vor dem Gesicht herum. »Können Sie mich verstehen?«

»Aber ja. Was ist denn schon wieder?«

»Wie kann einer auf Äther süchtig werden? Ist das nicht das Zeug, das man früher zum Zahnreißen genommen hat?«

»Das war Lachgas, du Hirsch. Äther hast du bestenfalls bei deiner Mandeloperation verabreicht bekommen. Außerdem wäre es mir lieb, wenn du nicht immer von Sucht sprechen würdest … Betrachte es einfach als schlechte Angewohnheit.«

»Na, ich weiß nicht. Wer sich so aufführt wie du in letzter Zeit, muß schon ein ziemliches Problem haben. Ewig im Badezimmer herumwerken, rote Augen, permanent schlechte Laune – und noch dazu dieser grausliche Zahnarztgeruch! Kannst du nicht Haschisch und LSD konsumieren wie andere Leute auch?«

»Was kümmern mich andere Leute? Äther ist ein Rauschmittel mit Tradition! Schon Edgar Allan Poe frönte dieser exotischen Leidenschaft.«

»Der hat sich totgesoffen, soviel ich weiß. Da war der Äther auch schon wurscht. Schädlich genug ist das Zeug ja. Laut dem Drogenlexikon, das mir deine reizende Bekannte vorher in die Hand gedrückt hat, fällt Äther unter die Gruppe der Delirianten und kann zu starken Halluzinationen führen. ›Fälle psychischer Abhängigkeit sind bekannt, letale Fälle nicht selten‹, steht da. Außerdem werden Hirn und Leber geschädigt. Wie kommst du eigentlich auf die hirnrissige Idee, mit so einem Klumpert anzufangen – du hältst doch sonst so viel auf Logik und Vernunft?!«

»Ganz ehrlich?« fragt der Doc kleinlaut.

»Ganz ehrlich.«

»Na gut. Nach der Geschichte mit dem Mädchenmörder, der seine Opfer lebendig einmauerte (siehe auch: »Kurt Ostbahn: Platzangst«, 1997), war ich mit den Nerven am Ende. Schließlich hat man nicht jeden Tag mit einem Fall zu tun, in den die eigene Exliebschaft verwickelt ist – und das hat wahrscheinlich auch dazu geführt, daß ich damals mit meinem Hauptverdächtigen völlig danebenlag. Auf jeden Fall hat mich die Angelegenheit in eine tiefe Depression gestürzt. Eine Lebenskrise, sozusagen. Einerseits hab ich an meinen kriminalistischen Fähigkeiten gezweifelt, und andererseits an meinen sogenannten Freunden. Weil ich den Kurtl oder dich ja eigentlich nur zu sehen kriege, wenn der Hut brennt. Und sonst fragt kein Mensch, wie's mir geht ...«

»Sehr lustig! Wer geht denn nie aus dem Haus und läßt seine Anrufe seit Jahren von einer Maschine behandeln?«

»Merk dir eines, Trainer: Der Depression ist es egal, ob sie auf Tatsachen beruht. Fest steht, daß es mir elend gegangen ist, daß ich mit niemandem darüber reden konnte und daher auf die Suche nach euphorischen Erlebnissen gegangen bin. Und zwar in die nächste freundliche Apotheke, weil ein Mensch wie ich auf dem Karlsplatz nichts verloren hat. Daß sich die Geschichte so entwickeln würde, konnte ja niemand ahnen.«

»Und jetzt hörst du einfach auf?«

»Was bleibt mir über? Immerhin ist mir wegen dem Zeug die halbe Wohnung abgebrannt, dann wollte mich der Schraake erpressen, und jetzt hab ich mich vor dir und der Bettina unsterblich blamiert. Da vergeht einem wahrlich die Lust – also muß Schluß sein. Versprochen.«

Der Trainer blickt dem Doc tief in die blutunterlaufenen Augen. Was er darin sieht, läßt ihm zwar eine Gänsehaut den Rücken herunterlaufen, aber es verrät ihm auch, daß er seinem alten Freund vertrauen kann. Wenn der Trash sagt, daß Schluß ist, dann ist Schluß. Und aus.

***

Die Wohnungstür fällt hinter ihm ins Schloß, und der Doc genießt für ein paar Augenblicke die Stille in seiner Datenzentrale. Dann knipst er das Licht an. Der professionelle Vandale hat fürwahr ganze Arbeit geleistet. Die Explosion des Ätherdepots letzte Woche war sozusagen ein Betriebsunfall, aber die beinahe komplette Vernichtung seines auf drei Festplatten und in Dutzenden Aktenordnern gespeicherten geistigen Eigentums geht letztendlich auf das Konto anderer. Der Doc steht vor den Trümmern seiner Existenz, und stumme Verzweiflung paart sich mit kalter Wut. Das also ist der bittere Lohn für unermüdlichen Einsatz, unbezahlbare Ezzes und grenzenlose Risikobereitschaft, während es der Herr Ostbahn vorzieht, die amerikanischen Südstaaten zu bereisen, auf der Suche nach der Originalrezeptur des Rhythm'n'Blues.

Im Arbeitszimmer blinkt zwischen den Leichenteilen des Großrechners das grüne Lämpchen der Faxmaschine. Der Apparat ist uralt und war offenbar robust genug, dem Vorschlaghammer des sibirischen Kaputtniks zu widerstehen. Auf dem Boden windet sich ein vier Seiten langes Fax, handgeschrieben und von Kurt Ostbahn irgendwo in den sumpfigen Weiten von Südwest-Louisiana verfaßt. »An Doktor Trash« steht auf der ersten Seite in Großbuchstaben, und – zweimal dick unterstrichen – »persönlich«.

Lieber Doc,
war, wie du weißt, noch nie ein großer Briefeschreiber, aber die Sache mit der Rikki läßt mir ganz einfach keine Ruh. Sogar hier in den Bayous, wo die Bäume nicht aus der Erde, sondern aus dem Wasser in den Himmel wachsen, seh ich sie ständig vor mir. Und je mehr ich drüber nachdenke, desto größer meine Sorge. Ich weiß genau, sie wollte mir kurz vor meiner Abreise was wirklich Wichtiges sagen. Aber die Rikki ist, wie auch wir, lieber Doc, kein offenes Buch, sondern eher eins mit sieben Siegeln. Man muß ihre Zeichen zu deuten wissen. Ich hab die Zeichen zwar gesehen, in der Nacht vor meiner Abfahrt, aber es war einfach nicht genug Zeit. Und am letzten Tag, in der Peep-Show, hat sie grad getanzt, als ich am Weg zum Westbahnhof vorbeigeschaut hab. Ich hoffe nur, es geht ihr halbwegs! Weil die Rikki ist was Besonderes. Zumindest in meinem Leben. Komisch, was dir für Sachen durch den Kopf gehen, wenn du hier nachts auf der Veranda sitzt. Daheim in der Reindorfgasse plärrt um die Uhrzeit maximal ein Fernseher, oder ein Organspender glüht mit 180 auf seinem auffrisierten Eisen durch die verkehrsberuhigte Zone. Hier ist überhaupt kein Verkehr, aber akustisch trotzdem die Hölle los. Die Breitmaulfrösche beklagen sich grad über die

lückenhafte Nahversorgung, obwohl es meiner Meinung nach keinen Grund zur Beschwerde gibt: Habe noch nie im Leben so viele Gelsen, Bremsen und Moskitos gesichtet und erlegt. Und wenn die Frösche schweigen, knirscht irgendwo im brackigen Wasser ein alter Alligator mit den Zähnen, weil ihm in letzter Zeit zu wenige bloody tourists aus den Fischerbooten und direkt ins Maul gefallen sind.

Der Kurtl weiß auf den nächsten Seiten seines eigentümlichen Schreibens noch allerhand über die einzigartige Flora und Fauna der Bayous zu berichten, und auch über seinen momentanen Quartiergeber, einen Exil-Steirer und Naturburschen aus dem schönen Kindberg, der sich und seine Familie mit einer kleinen Bootsvermietung und dem Verkauf von *gator bait*, also Alligatoren-Köder, über die Runden bringt. Als sie sich kennenlernten, bei einem Auftritt von Buckwheat Zydeco vulgo Stanley Dural Jr., einem der zahlreichen Erbprinzen von Zydeco-König Clifton Chenier, dachte der Kurtl noch, sein emigrierter Landsmann sei Hersteller von Kindermöbeln. Weil sich ein steirisches *Gitterbett* halt nicht viel anders anhört als ein *gator bait* aus Louisiana. Von der Bootsvermietung in den arkadischen Sümpfen stammt denn auch Kurtls Fax mit der dringenden Bitte um Antwort und, auf der letzten Seite, Enthüllungen, die sogar den Doc wieder versöhnlich stimmen:

Ich war ein junger Spund. Und die Rosi war, wie soll ich sagen, immer für uns da. Wie eine Mama. Aber nicht nur. Wenn wir im Kino waren, haben wir uns die Sophia Loren angeschaut. Immer wieder. Und die Rosi war für mich damals die Loren in Blond.

Irgendwann nach Sperrstund ist es halt passiert. Im Espresso Rosi, im Hinterzimmer, wo zu der Zeit die wirklich wilden Hund um zwei, drei Blaue Billard gespielt haben. Ich weiß, daß ich nicht der einzige war, den die Rosi damals von seiner Unschuld befreit hat. Sie war ganz scharf auf uns junge Buben. Und ich weiß, daß sie damals nicht nur uns gehabt hat, sondern auch diverse Liebhaber ihres Alters. Aber als sie dann schwanger war und die Rikki gekriegt hat, waren die vielen Lover weg. Und ich war da. Die Rosi wollte nie darüber reden. Macht sie bis heute nicht. Ich eigentlich auch nicht, aber vielleicht hilft Dir diese Information, lieber Doc, eine Frau besser zu verstehen, die in ihrem Leben weder eine wirkliche Chance noch einen richtigen Vater gehabt hat.

Der Doc beschließt, erst einmal gründlich auszuschlafen und das Fax, wie gewünscht, vorerst vertraulich zu behandeln. Über das Antwortschreiben nach Louisiana mag er gar nicht erst nachdenken.

***

Im Garten des Schutzhauses am Schafberg herrscht Hochbetrieb. Heute züchten sich hier heroben, über den Dächern der Stadt, die Gäste des nahen Freibades zum ersten Sonnenbrand der Saison gleich auch ein ordentliches Räuscherl an. Die Frage nach der Traumfigur haben sie sich bereits bei der Anprobe des diesjährigen Badekostüms eindeutig negativ beantwortet. Also schleppen die Kellner zu den Krügeln und Spritzweinen fette Bratwürste und Schweinsbraten in den Garten, garniert mit triefenden Pommes und warmem Krautsalat mit Speck.

Nur die zwei Männer an dem schattigen Tisch gleich neben dem Eingang zur Schank passen nicht so recht in die fröhliche Cholesterin-Party. An ihrem Tisch gibts nix zu essen und zu lachen.

Doktor Trash versucht vergebens, die Vorboten eines massiven Migräneanfalls mit weißen Sommerspritzern niederzukämpfen, und sein Gegenüber – der pensionierte Kriminalist Franz Brunner – reizt seine lädierte Bauchspeicheldrüse mit Mokka-Weinbrand und das arg angegriffene Nervenkostüm des Doc mit düsteren Prognosen:

»Also, wann Sie mich fragen, Herr Dresch, dann kann ich Ihnen nur eins sagen: Der Trainer und Sie haben da wieder einmal in ein Wespennest gstochen. In ein Hornissennest, möcht ich fast sagen. Weil der feine Herr Schraake ist ein alter Bekannter von uns. Der beschäftigt seit Jahren so ziemlich alle Abteilungen, vom Betrug angefangen, über die Sitte bis zur Wirtschaftspolizei. Aber man hat ihm bis heut ned viel mehr anhängen können als ein Strafmandat. Ein gfernzter Hund. Mit vielen einflußreichen Freunden in Ost und West, wann Sie wissen, was ich mein. Ich sag nur: Golfclub Freudenau. Aber was mir bei der ganzen Sache, die Sie mir da erzählen, noch mehr Sorgen macht: Sie sind außerdem grad dabei, eine Tote aufzuwecken. Und das is a bißl viel auf einmal. Des kann schwer ins Aug gehn. Vor allem, wenn man behördlicherseits auf einen Ansprechpartner wie den Herrn Exkollegen Skocik angewiesen is. Ich nehm an, Sie kennen die Gschicht?«

Der Doc nickt.

Er kennt viele Geschichten, die davon handeln, wie Franz Brunner, Gruppenleiter im Morddezernat des Wiener Sicherheitsbüros, in den frühen Ruhestand intrigiert wurde. Da ist immer wieder von einem Komplott der mehrheitlich freiheitlichen Personalvertretung die Rede, aber auch von Brunners Alkoholproblem. Der Kurtl kennt sicherlich noch mehr Geschichten oder vielleicht sogar die ganze Wahrheit, denn seit der Jagd nach dem »Schlächter von Fünfhaus« vor fünf Jahren (siehe auch: »Kurt Ostbahn: Blutrausch«, 1995) verbindet Brunner und Kurt Ostbahn eine – wie der Trainer meint – »hochprozentige Altmännerfreundschaft«.

Brunner winkt den Kellner an den Tisch und ordert noch einen kleinen Schwarzen mit Weinbrand.

»Für Sie auch?« wendet er sich an den Doc, doch der winkt ab. »Tät Ihnen aber nix schaden. So blaß wie Sie ausschauen, is der Blutdruck garantiert im Keller. Trinkens wenigstens a Achtl Rot. Weil sonst fallens mir da no vom Bankerl.«

Der Doc kapituliert vor so viel Anteilnahme.

»Und a Achtl Rot. Aber vom Bessern«, gibt Brunner dem Kellner mit auf den Weg.

Der Doc sitzt nun schon seit über zwei Stunden mit dem Exkrimineser im Schutzhausgarten. Er hat, wie das so seine Art ist, in knappen Worten berichtet, was der Rikki und in weiterer Folge ihm und dem Trainer zugestoßen ist, und mußte angesichts des russischen Vandalenakts von letzter Nacht zähneknirschend einräumen, daß man mit der eigenen Weisheit nun ziemlich am Ende sei.

Brunner hat andächtig zugehört, nur wenige Zwischenfragen gestellt, aber ganz viele kleine Mokka mit Schuß getrunken. Dreimal wurde ihre Konversation unterbrochen. Durch Brunners Handy. Jedesmal war seine Lebensgefährtin am Apparat, die hantige Frau Ursula, Stationsschwester im Hanusch-Krankenhaus. Und jedesmal wollte sie eigentlich nix Bestimmtes, nur hören, wies dem Brunner so geht.

Nach ihrem dritten Anruf mußte der Kriminalruheständler dann was loswerden: nämlich daß nicht er, sondern seine Ursula mit der Handymania begonnen hat, ein Sonderangebot in einer Illustrierten, zwei Apparate zum Preis von einem, Partnertelefon zum Spartarif.

»A Tragödie«, faßt Brunner seine diesbezüglichen Erfahrungen zusammen. »Seit wos des Handy gibt, geht gar nix mehr. Sie weiß auf die Minute genau, wann i pinkeln geh und rechnt hoch, wie viele Kaffee ich trunken hab. San ma uns ehrlich: Wos is des no fia a Lebn?«

Seine fernmündliche Verfügbarkeit ist nicht Brunners einziges Problem. Momentan gibt ihm Ursulas Schrebergartenhütte, gleich vis-à-vis vom Schutzhaus, die er vor zwei Jahren generalsaniert hat, immer neue Rätsel auf.

Der Doc übt sich in Geduld und mimt den interessierten Zuhörer. Wer Brunners Rat sucht, muß ein Ohr haben für seine kleinen Tragödien: Im März wurde die Kleingartenanlage ans städtische Kanalnetz angeschlossen, und seit den Grabungsarbeiten ist die Holzhütte mindestens zehn Zentimeter den Hang hinuntergerutscht. Jetzt sind die Fensterrahmen verzogen, die Türen schließen nicht mehr, und im Gebälk knarrt und ächzt es wie in einem Spukhaus. Vor allem nachts. Die Ursula kriegt bei dem Wirbel kein Auge zu. Dabei wollte sie heuer ihren Urlaub am Schafberg verbringen. Seit Wochen ist Brunner nun mit der Schadensbegrenzung befaßt, indem er eigenhändig Betonstützen aufmauert, die das Gartenhaus vor einem weiteren Abrutschen bewahren sollen.

»Für die Versicherung is des kein Thema. Die zahlt nix. Weil an der Hütten in der Vergangenheit angeblich unsachgemäße bauliche Veränderungen vorgenommen wurden. Alles a Bledsinn! Einen Schupfen hab ich angebaut, letztes Jahr, für die Hollywoodschaukel, den Griller, die Gartenmöbeln und den Rasenmäher. Wann Sie sich auf die Versicherungen verlassen, Herr Dresch, dann sans garantiert verlassen. Alles Gangster und Ganoven!«

»Apropos«, versucht der Doc das Gespräch wieder auf den eigentlichen Grund des Treffens zu bringen. »Sie haben vorhin gemeint, der Trainer und ich würden durch unsere Arbeit Tote wecken. An wen konkret haben Sie da gedacht?«

»Hab ich was von *Toten* gsagt?« erkundigt sich Brunner und beobachtet dabei verdrossen den Kellner, der ein Tablett mit Bieren und Limonaden in den hinteren Teil des Gastgartens schleppt. »Eine Tote reicht.«

»Und zwar?«

»Hedi Dietrich. Die selige Gattin von Ihrem Rosenkavalier. Is scho a Ewigkeit her. Aber es gibt Sachen, die vergißt ma ned. Ich hab den Fall damals über ghabt. Scheinbar a ganz normaler Haushaltsunfall. Beim Fensterputzen ungschickt gstürzt. Aber ich hab damals schon gwußt, die Sache stinkt. Sowas hat man im Urin. Leider war dem trauernden Witwer nix nachzuweisen. Dieter Dietrich, stimmts? Inspektor beim Marktamt. Es gibt Namen, die vergißt man sein Lebtag ned …«

Als der Kellner endlich Brunners magische Mischung serviert und das stabilisierende Achtel Rot für den Doc, ist der pensionierte Ermittler wieder ganz in seinem Element:

»Die Dietrichs, das war eine Familie wie aus dem Bilderbuch. Da gabs keine Probleme. Vater Beamter, Mutter Hausfrau, drei brave Kinder. Und kein Schlendrian. Da wurden zum Beispiel jeden ersten Montag im Monat die Fenster geputzt. Von der Mama persönlich, weil Putzfrau wollte man sich keine leisten. Beim zweiten Fenster im Wohnzimmer is es dann passiert: Die Dietrich steht auf der Leiter und will die Oberlichte waschen, öffnet sie wie immer, aber da kommt ihr plötzlich das ganze Fenster entgegen. Sie verliert das Gleichgewicht, stürzt von der Leiter, reißt die Oberlichten mit sich, und die Glassplitter schneiden ihr die Kehle durch. So wars. Angeblich. Ein tragischer Unfall. Vielleicht aber wars ganz anders. Vielleicht hat jemand an der Oberlichten manipuliert, und zwar derart, daß sie aus dem Fensterrahmen kippt, sobald man sie öffnen will. Die drei Dietrich-Kinder waren an dem Vormittag jedenfalls in der Schule und der Ehemann im Dienst. Er hat die Tote gefunden, als er in der Mittagspause heimgekommen ist. War ein richtiger Sparefroh, der Dietrich. Hat sich den Dienst so eingeteilt, daß er zum Essen immer daheim war. Er hat sofort die Rettung alarmiert, aber da wars längst zu spät.«

»Und Sie glauben, der Dietrich hat den Fenstersturz inszeniert und so seine Frau umgebracht?« fragt der Doc.

»Ich weiß es, Herr Dresch«, sagt Brunner, »aber ich konnt ihm nie was nachweisen. Der Mann war bei jeder Vernehmung ein Häuferl Elend. Sehr überzeugend. Und er hatte ein Alibi.«

Nämlich die *Likörstube Nemetz* in der Herklotzgasse.

Dort hat Dieter Dietrich an jenem Vormittag angeblich nach dem Rechten gesehen und laut Bericht ein paar Mängel beanstandet, die für den Eigentümer des Lokals dann aber ohne Folgen blieben.

»Der Brandineser war seit ewigen Zeiten aktenkundig«, erinnert sich Brunner. »Der alte Nemetz sitzt wegen Hehlerei in Stein, und der Junior schenkt in der Gifthüttn Sachen aus, die unsereins auf der Stelle blind machen. Billigsprit aus dem Osten. Ich will damit nur sagen: Die Familie Nemetz gibt jedem ein Alibi, wann der sich dann im Bedarfsfall erkenntlich zeigt.«

»Verstehe«, sagt der Doc. »Aber warum ermordet ein biederer und gottesfürchtiger Familienvater die Mutter seiner drei Kinder – noch dazu auf so heimtückische und raffinierte Art und Weise?«

»Eifersucht, Herr Dresch«, sagt Brunner. »Das älteste Motiv der Welt. Eine Nachbarin der Dietrichs will beobachtet haben, daß die selige Frau Hedi am Nachmittag, wann die Kinder in der Klavierstunde oder beim Turnen waren, regelmäßig Besuch von einem glutäugigen marokkanischen Zettelverteiler bekommen hat. Niemand weiß, was an dem angeblichen Gspusi dran war, aber einen krankhaft eifersüchtigen Ehemann bringt schon der leiseste Verdacht auf ganz komische Gedanken. Und die können sich mit der Zeit zu einem mörderischen Plan auswachsen, der dann eiskalt exekutiert wird. Bei seiner Hedi war es die Idee mit der Oberlichten, und für die Rikki hat er sich den Schlachtschußapparat ausgedacht. Kein Mensch, und schon gar ned der Skocik, käme darauf, den Dietrich zu verdächtigen. Aber wie wir wissen, Herr Dresch: Es gibt keinen perfekten Mord!«

Dann schrillt zum vierten Mal Brunners Partner-Handy. Schon wieder ist seine hantige Stationsschwester dran. Diesmal erkundigt sie sich in scharfem Ton, ob er vorhat, heute im Schutzhaus zu übernachten, oder, wie hoch und heilig versprochen, dem unerträglichen Knarren, Knarzen und Ächzen in ihrem Schrebergartenhaus endlich den Garaus zu machen.

»Bin quasi schon am Sprung«, sagt Brunner mit matter Stimme in seine Handgurke und schließt dabei die Augen. »Ich hab mich nur ein bißl verplaudert, mit einem alten Bekannten.«

»Kenn ich sie?«

»Uschi, bittich, was soll des jetzt wieder?«

Aber Schwester Ursula will darauf nicht antworten. Die Verbindung ist unterbrochen.

***

Der Doc hat ja schon so manches gesehen – im virtuellen wie im wirklichen Leben. Aber der Anblick von Frau Ursulas Gartenhaus treibt sogar ihm Tränen in die Augen. An dieser Hütte ist nichts mehr im Lot. Sie steht da, als würde sie sich am liebsten in die Tiefe stürzen, in Ermangelung eines geeigneten Abgrunds jedoch zum Weiterleben als Ruine verdammt sein.

»Schaut gar nicht gut aus« ist alles, was Trash dazu einfällt.

»Viel Arbeit«, sagt Brunner. »Und wofür? Für einen warmen Händedruck. Weil Dankschön gibts keins. Was ich da mach, des is alles eine Selbstverständlichkeit.«

Er hat den Doc gebeten, ihn auf die Baustelle zu begleiten, weil ihm Dieter Dietrich, die tödlich verunglückte Hedi und die per Explosivbolzen hingerichtete Rikki nicht aus dem Kopf gehen wollen. Die Wahrheit ist: Brunner hat Blut geleckt. Er ist wieder auf der Pirsch, auch wenn er jetzt lustlos mit der Wasserwaage hantiert und seine Heimwerkerausrüstung nach dem Metermaß absucht.

»Angenommen, die Mordsache Horvath wäre ihr Fall. Was würden Sie als nächstes tun?« erkundigt sich der Doc nicht ohne Hintergedanken.

»Was ich jetzt tun würd?« Brunner legt die Wasserwaage weg und streckt sich durch. »Das kann ich Ihnen ganz genau sagen, Herr Dresch: Ich würd den Dietrich nervös machen und schön langsam aus der Reserve locken. Er hat bis jetzt fehlerfrei gearbeitet und wiegt sich in Sicherheit. Und genau da liegt unsere Chance. Is die Leich von der Horvath schon freigegeben?«

»Soviel ich weiß, ja«, sagt der Doc. »Das Begräbnis ist jedenfalls am Mittwoch, also übermorgen, am Baumgartner Friedhof.«

»Sehr schön«, meint Brunner und schmunzelt leise. »Der tief trauernde Herr Dietrich wird sich die Veranstaltung garantiert ned entgehen lassen. Und ich werd mir erlauben, mich auch unter die Trauergemeinde zu mischen. Wenn ihn diese Überraschung ned ziemlich aus der Fassung bringt, dann bin ich auf dem Holzweg. Aber des glaub ich ned. Wie ich immer sag, Herr Dresch, sowas hat man im Urin.«

Genau das wollte der Doc hören.

Kapitel 10:
»Kiwi Lounge«

Der Trainer ist hoffnungslos überfordert.

Von einem Moment auf den anderen hat sich ein harmloser Observierungsauftrag in eine höchst riskante Befreiungsaktion verwandelt. Das war nicht abzusehen. Und natürlich funktioniert wieder einmal nix so, wie es soll.

Sein neues, überraschendes Missionsziel lautet, Bettina schleunigst aus den Klauen eines liebestollen Barpianisten zu retten. Schauplatz der dramatischen Ereignisse ist das *Hotel Kiwi*, eine neunstöckige Bettenburg am Mariahilfer Gürtel, in deren Lounge Sascha Dietrich eben noch zur Happy Hour aufgespielt hat. Und jetzt, kaum daß die letzten Takte von »Smoke Gets In Your Eyes« verklungen sind, ist der Klavierhengst mit Bettina, seiner vermeintlichen Eroberung, auch schon unterwegs in eines der zirka neunhundert Zimmer der Vier-Sterne-Absteige.

Theoretisch wäre der Trainer drahtlos mit Bettina verbunden, durch ein James-Bond-Mikrophon in ihrer neoaztekischen Brosche, das ihnen der Doc mit auf den Weg gegeben hat. Aber seit Bettina und Dietrich jr. die Lounge in Richtung Lobby verlassen haben und er sich mit leichter Verzögerung an ihre Fersen geheftet hat, läßt der Empfang des angeblich von Secret Service, CIA, BKA, FBI, KGB und RTL getesteten Präzisionsgeräts mehr als zu wünschen übrig. Auf den ersten Metern drangen noch Wortfetzen der Belauschten aus dem Minikopfhörer ins Trainerohr, aber jetzt, als der Verfolger die riesige Empfangshalle mit den vier Liften erreicht, ist nur noch nervtötendes Rauschen zu hören. Von Bettina, dem Lockvogel, und Sascha Dietrich alias Delrue fehlt weit und breit jede Spur.

»Scheiße«, keucht der Trainer und meint nicht nur das für seinen großen Lauschangriff untaugliche Equipment, sondern auch die miserable Planung der gesamten Operation. Ursprünglich bestand seine Aufgabe darin, das Gespräch zwischen Bettina und dem tatverdächtigen Klavierspieler abzuhören, die beiden nicht aus den Augen zu lassen und im Ernstfall rettend einzugreifen.

Genau dieser Ernstfall ist nun eingetreten. Aber ohne genaue Kenntnis der weitläufigen Örtlichkeiten kommt sich der Trainer selbst ziemlich hilflos und verloren vor. Außerdem, muß er sich eingestehen, sollte man Wodka-Tonic nicht runterschütten wie kleine Biere. Zumindest nicht im Mischungsverhältnis 2:1, und schon gar nicht auf leeren Magen. Wie man aus der Fahrschule weiß, beeinträchtigt der Konsum alkoholischer Getränke das Reaktionsvermögen. Und so muß sich der Trainer voll darauf konzentrieren, dem Hotelpersonal nicht unangenehm aufzufallen, als er quer durch die Lobby schwankt, mit motorischen Störungen, wie man sie sonst nur bei Matrosen sieht, die nach vielen Wochen auf See ihren Landurlaub antreten.

Drei der vier Fahrstühle sind unterwegs – und einer außer Betrieb. Der Trainer denkt nach, soweit das die vielen Wodka-Tonic während der Happy Hour zulassen:

Also, in welche Etage würde ich fahren, wenn ich Geheimagentin Bettina wäre, einem professionellen Witwentröster falsche Hoffnungen gemacht habe, über kein eigenes Zimmer in diesem Hotel verfüge, aber eigentlich sekündlich damit rechne, von meinem Ermittlungspartner aus dieser hochnotpeinlichen Situation befreit zu werden?

»Neun«, sagt der Trainer, als er endlich mit dem Grübeln fertig ist. »Neun. Und wieder retour. Das bringt entscheidende Sekunden.«

»Neunte Etage?« erkundigt sich geflissentlich der livrierte Liftboy, der dem Trainer zu Hilfe eilt, weil dieser schon eine ganze Weile orientierungslos den anderen Gästen im Weg steht. »Ninth floor, Sir? Und what roomnumber?«

»Egal«, sagt der Trainer.

***

Dabei hatte die Operation *Kiwi Lounge* so vielversprechend begonnen.

Kurz vor fünf war der Trainer auf seinem Posten – einem Nischenplatz mit Blick auf das Podium mit dem weißen Flügel. Und vor allem geschützt durch ein Arrangement tropischer Plastikgewächse. Er ließ seinen Blick zwischen den Blättern einer synthetischen Bananenstaude durch die Bar schweifen. Reifere deutsche und skandinavische Reisebus-Touristinnen saßen bei bunten Drinks, schrieben Ansichtskarten an die Lieben daheim oder hielten diskret Ausschau nach einem raschen, reschen Urlaubsflirt. Dabei blieb ihr Auge unweigerlich am Pianisten hängen.

»Sascha Delrue – Ihr musikalischer Begleiter durch die Happy Hour«, verriet das Schildchen, das im Rhythmus der Musik auf dem Klavier hin- und hertanzte.

Der Trainer nahm den Sohn des Dieter Dietrich genauer ins Visier: Smoking, Rüschenhemd, silbernes Mascherl und mit viel Pomade angeklatschte schwarze Haare. Der junge Mann machte auf schöner, armer Gigolo und sah für seine 24 Jahre ganz schön vom Leben gezeichnet aus. Aber wenn man ihm so zuhörte, wie er sich durch einen L'amour-Hatscher nach dem anderen arbeitete, konnte man ihm ein gewisses improvisatorisches Talent nicht absprechen. Ob »Spanish Eyes«, der »St. Louis Blues«, »Red Roses For A Blue Lady« oder »Girl From Ipanema«, das Klavierspiel hatte durchaus internationales Niveau und wäre auch auf der einen oder anderen Dean-Martin-Platte nicht unangenehm aufgefallen.

»Was macht ein so begabter Mensch wie Sie in einer solchen Bar?« tönte es auf einmal verführerisch im Ohr des Trainers, der vor Schreck heftig zusammenzuckte. Anscheinend war Bettina endlich in Aktion getreten. Er drehte den Empfänger eine Spur leiser und spähte durch das künstliche Blätterwerk zur Wirkungsstätte des Künstlers.

Eine elegante Dame im kleinen Schwarzen lehnte lasziv am weißen Flügel. Die Pathologin aus der Kirchengasse hatte ihre honigblonde Kurzhaarfrisur mit einer Betty-Page-Perücke getarnt, eine schicke Designerbrille mit Fensterglas aufgesetzt und sich ein paar Krähenfüße und Kummerfalten ins Gesicht geschminkt, um älter zu wirken. Der Trainer ertappte sich bei dem Gedanken, daß Bettina auch in ihrer Maskerade absolut hinreißend aussah, und daß er sich spätestens seit der Nacht im *Espresso Rosi* so sehr zu ihr hingezogen fühlte, daß er kaum noch an seine Grazer Grazie denken wollte. Trainer, sagte er sich gleichzeitig vor, sei ausnahmsweise einmal vorsichtig … die ist definitiv nicht dein Revier …

Dietrich jr. sah das eindeutig anders. Er war von ihrem Auftritt und ihrem Anblick dermaßen verzaubert, daß er sein Set nach der zweiten Nummer kommentarlos unterbrach, um für Bettina allein seine strahlend weißen Zähne zu blecken.

»Tiefste Ergriffenheit, Gnädigste!« meinte er mit seinem anzüglichsten Grinsen. »Was Sie mir grad gesagt haben, ist Balsam für eine geplagte Musikerseele! Wenn ich einer so schönen Frau wie Ihnen Freude bereiten kann, ob mit oder ohne Klavier, bekommt selbst dieses trübselige Dasein einen neuen Sinn. Apropos: Was halten Sie davon, mich in meiner Pause auf einen Drink einzuladen?«

Bettina rang sich ein vielversprechendes Lächeln ab. Dann entschwand sie mit einem Hüftschwung, wie man ihn diesseits der Kinoleinwand so gut wie nie zu sehen kriegt, aus dem Blickfeld des Trainers zurück an ihren Tisch.

Knapp ein Dutzend goldener Evergreens später bat Sascha Delrue sein Publikum um eine kurze Pause und begab sich schnurstracks an Bettinas Tisch, wo ihn bereits ein extratrockener Martini (ein Glas Gin, über das der Mixer kurz den Vermouthkorken geschwenkt hat) erwartete. Der Trainer spielte in Gedanken so ziemlich alle Variationen durch, wie er der bezaubernden Bettina bei einem trockenen Martini begegnen würde, und fand Sascha Dietrichs Gesprächseröffnung vergleichsweise enttäuschend.

»Kommen Sie aus Wien?«

»Ich bin geborene Wienerin, ja. Aber ich lebe seit fünfzehn Jahren in Düsseldorf. Der Kontakt zu Wien ist seit dem Tod meiner Eltern völlig abgerissen. Jetzt bin ich geschäftlich hier, für drei Tage. Die Textilmesse ...«

»Ah, Sie sind in der Modebranche? Hab ich mir fast gedacht. Mode, Kunst, vielleicht Architektur. Auf jeden Fall etwas Musisches. Das sieht und spürt man sofort – also ich zumindest«, flötete der Tastentiger. Der Trainer mußte an seinen Besuch in Bettinas Totenreich denken und schmunzelte in sein Wodka-Tonic.

Mit dem zweiten Martini kam das Du-Wort, und Bettina legte einen Gang zu.

»Du hast wunderschöne, sensible Hände«, gurrte sie. »Richtige Künstlerhände.«

»Liegt in der Familie«, sagte Sascha.

»Mütterlicherseits?«

»Meine Mutter hat Geige gespielt. Sie war eine ganz besondere Frau. Irgendwie erinnerst du mich an sie …«

»Tatsächlich?« sagte Bettina mit einem leichten Beben in der Stimme. Der Trainer mußte bewundernd feststellen, daß die Medizinerin eine wahre Doppelbegabung war. Ihre Vorstellung war absolut oscarreif.

»Und der Papa?« fragte sie, nachdem sie sich von Delrues Kompliment erholt hatte. »Hat er auch eine künstlerische Ader?«

»Mein Vater ist auf seine Art ein Genie. Eigentlich ist er Beamter, aber es gibt nichts auf der Welt, das er nicht reparieren könnte. Abgesehen von der Beziehung zu seinen Kindern, aber das ist eine andere Geschichte … Na, er ist halt ein Bastelvirtuose, wenn du weißt, was ich meine. Vor allem, seit meine Mutter tot ist, verbringt er seine ganze Freizeit in der Werkstatt und konstruiert Dinge, die möglicherweise nützlich sind, die aber in Wirklichkeit kein normaler Mensch je braucht.«

»Faszinierend«, meinte Bettina.

»Bei weitem nicht so faszinierend wie du«, säuselte Sascha, um dann direkt zur Sache zu kommen. »Gibts zu Hause eigentlich jemand, der auf dich wartet?«

»Ja. Einen Mann, zwei Kinder und einen Liebhaber, der aber nur freitags für mich Zeit hat, weil er da angeblich zum Bowling geht.«

»Aber die sind in Düsseldorf?« wollte Sascha bestätigt wissen.

»Die sind in Düsseldorf. Und wir sind hier. Also, wo liegt das Problem?«

Der Trainer hätte gern jetzt, in genau diesem Moment, Bettina in die Augen geblickt. Aber man kann nicht alles haben.

***

Eine halbe Stunde später ist er auf dem Weg in den neunten Stock. Hinter ihm hat sich eine japanische Reisegruppe, vollbeladen mit Sacher-Torten-Sackerln und schwerem Videogerät, in den Lift gedrängt. Der Trainer lehnt sich müde an die Rückwand des Fahrstuhls, starrt verwirrt vor sich hin und läßt dann einen gewaltigen Rülpser los, weil die vielen Wodka-Tonic seinen Magenhaushalt komplett durcheinandergebracht haben. Bevor er noch peinlich berührt sein kann, beginnen die Fernostmenschen freudig zu schnattern, verbeugen sich vor ihm und zücken ihre volldigitalen Kameras. Wahrscheinlich halten sie seinen Fauxpas für eine dieser drolligen europäischen Sitten …

Der Trainer schließt entnervt die Augen und denkt wieder an Bettina und die bevorstehende Rettungsaktion. Er läßt seine Lieblingsszenen aus dem filmischen Œuvre von Chuck Norris Revue passieren, und ein seliges Grinsen umspielt seine Lippen, als er sich ausmalt, wie er den klavierspielenden Sittenstrolch mit ein paar gezielten Karatehieben ausschaltet, die dankbare Lady in die Arme nimmt und mit ihr in den texanischen Sonnenuntergang reitet. Plötzlich reißt ihn die ungeduldige Stimme des Liftboys aus seinen Tagträumen. »Neunte Etage – Endstation, alles austeigen!«

Als er den Aufzug gerade verlassen will, kommt ihm Bettina entgegen. Sie schiebt ihn in die Liftkabine zurück, zischt dem Hotelangestellten ein »Abwärts!« entgegen und blickt sich noch einmal nervös um. Kaum hat sich die Tür geschlossen, fährt sie den Trainer an: »Verdammt noch einmal, wo warst du die ganze Zeit?«

»Ich ... die Technik ... wer weiß denn ...«, stammelt der Trainer und versucht es dann noch einmal. »Wo hast du denn den Junior gelassen?«

»Der wartet vor Zimmer 911, daß ich mit dem Schlüssel wiederkomme, den ich in meiner Kopflosigkeit an der Rezeption abgegeben hab«, sagt Bettina.

»Wunderbar. Genauso hab ich mir das vorgestellt«, lügt der Trainer und reicht Bettina erleichtert den Arm. »Operation *Kiwi Lounge* beendet. Ich würd vorschlagen, wir gehn was essen. Gleich da ums Eck ist ein hervorragender Inder.«

Bettina hakt sich beim Trainer unter, und sie schlendern durch die Hotel-Lobby zum Ausgang. Die reife Dame mit der Traumfigur unter dem kleinen Schwarzen und ihr Seemann auf Landurlaub.

»Schau ich nicht unmöglich alt aus mit der Perücke und dem ganzen Make-up?« will Bettina wissen.

»Du siehst hinreißend aus. Großartig. Umwerfend!«

»Ehrlich?«

»Ehrlich«, sagt der Trainer und drückt ihr einen zarten Kuß auf die Wange.

***

Dr. Trash wälzt sich unruhig auf seiner düsteren Bettstatt.

Obwohl draußen bereits die Morgendämmerung heraufzieht, ist an Schlaf nicht zu denken – dazu waren die letzten Tage viel zu ereignisreich. Außerdem würde er in diesem Augenblick fast alles für eine ordentliche Nase Äther geben. Wenn er seinen Freunden nicht versprochen hätte, mit dem Zeug aufzuhören, müßte er sich jetzt nicht durch Entzugserscheinungen quälen und könnte sich besser auf die anstehenden Probleme konzentrieren.

Und davon gibt's ja wirklich genug.

Als er gegen Mitternacht von seinem Schafberg-Treffen mit Franz Brunner, Kriminalbeamter i. R., heimgekehrt war, hielt der Doc zuerst einmal den gesamten Fall sowie alle bisherigen Erkenntnisse schriftlich fest. Das so entstandene Acht-Seiten-Dokument wollte er anschließend nach Louisiana schicken, um den Kurtl endlich über den aktuellen Stand der Dinge zu informieren; aber irgendwas stimmte mit der Faxnummer nicht. Wahrscheinlich hat der Herr Ostbahn dem selbstgebrannten »White Lightnin'« zu heftig zugesprochen und sich mit der Nummer vertan. Oder die Leitung ist einem wütenden Alligator zum Opfer gefallen, was weiß man.

Dann tauchten Bettina und der Trainer auf, um von ihrer Observation des Sascha Dietrich zu berichten. Die beiden wirkten so euphorisch, daß dem Doc ganz schlecht wurde. Ihm war natürlich längst aufgefallen, daß der Trainer wieder einmal dabei war, sich zu verlieben, und daß seine Muse aus dem oberen Stockwerk darauf alles andere als ablehnend reagierte. Er hatte – aus Mangel an Erfahrung mit lebenden Menschen – nur keine Ahnung, was er dagegen tun sollte.

Bettina war nach diesem Abend fest davon überzeugt, daß Dietrich jr. keinesfalls etwas mit dem Mord an Rikki zu tun haben konnte. »Er spielt nur den Gigolo«, sagte sie, »aber in Wahrheit ist er ein ungeliebtes Kind, das nach einer Mama sucht – und wenns nur für eine Nacht ist. Und ich glaube, der Sascha weiß ganz genau, daß sein Vater ein Doppelleben führt.«

Weiblicher Instinkt, dachte Dr. Trash. Dagegen kommt man nicht an.

Kein Wunder, daß der Doc nach all diesen neuen Informationen und Erkenntnissen nicht einschlafen kann. Also steht er auf, zieht eine praktische Trainingshose, einen Rollkragenpullover, seine bewährte Lederjacke und ein Paar Turnschuhe (selbstverständlich alles in schlichtem Schwarz) an, verstaut ein paar Spezialwerkzeuge in einem Rucksack und ruft ein Taxi.

Es gibt zu viele offene Rechnungen, denkt der Doc. Und es wird höchste Zeit, wenigstens eine davon zu begleichen.

★★★

Das Taxi hat den Doc am Ende der Döblinger Hauptstraße abgesetzt und ist ins Morgengrauen verschwunden.

Außer ein paar todmüden Buschauffeuren auf dem Weg zur Arbeit ist um diese Zeit noch kein Mensch unterwegs. Das kommt dem für jede Eventualität gerüsteten Privatermittler gerade recht.

Wie ein Schatten bewegt er sich durch die stillen Gäßchen des Viertels, in dem der österreichische Staat allen Bundespräsidenten, die sich selbst kein Haus leisten können, eine Luxusvilla zur Verfügung stellt. Nach einigen Minuten hat er sein Zielobjekt gefunden: ein feudales Herrschaftshaus, das hinter einem schmiedeeisernen Tor, einer langen, gewundenen Einfahrt und einer Menge Bäume gerade noch sichtbar ist. Da neben dem Vordereingang ein beleuchtetes Wächterhäuschen steht, in dem ein vierschrötiges Individuum an einer langen Zigarette zieht und in die Gegend schaut, wird er sich wohl auf andere Art Zugang verschaffen müssen.

Wenige Minuten später kauert der Doc vor einer Mauer, die den hinteren Teil des parkähnlichen Anwesens umgibt. Um hierher zu gelangen, mußte er nur ein paar Drahtzäune durchschneiden und hoffen, daß die reichen Herrschaften, deren Gärten er lautlos durchquerte, sich keine Killerhunde halten. Jetzt beginnt der schwierige Teil des Einsatzes.

Die Videokamera, die diesen Abschnitt überwacht, ist schnell ausgeschaltet. Dazu braucht der Doc nur ein paar Kabel, eine Kneifzange und seine ausgezeichneten elektronischen Kenntnisse. Die mit rasiermesserscharfen Glasscherben bestückte, zweieinhalb Meter hohe Mauer ist da schon etwas schwerer zu überwinden. Aber wer so viele Spionagefilme gesehen hat wie Dr. Trash, wird auch damit fertig.

Er zieht Haken und Seil aus dem Rucksack, wirft sie gekonnt über die Mauer, zieht sich hoch und plaziert vorsichtig seine Lederjacke auf der Mauerkrone. Als er sich auf der anderen Seite abgeseilt hat, atmet er erleichtert auf. Nun gilt es nur noch, ins Haus zu kommen.

»Flach auf den Boden und Hände über den Kopf, du Arschloch – sonst blas ich dir das Hirn aus dem Schädel!« gellt auf einmal eine hohe Stimme hinter ihm. Trash fährt zu Tode erschreckt herum und kann nicht glauben, was er sieht: Da steht ein höchstens achtjähriger Knabe im taunassen Gras und bedroht ihn mit einer großkalibrigen Pistole.

Daran ist nur das Fernsehen schuld, denkt der Doc, als er sich resigniert auf die Knie sinken läßt.

Kapitel 11:
»Friedhof ohne Kreuze«

»Guten Morgen, Herr Dr. Trash!« ruft der gutgekleidete Spätdreißiger hinter dem Mahagonischreibtisch in einem etwas zu perfekten Deutsch. »Nehmen Sie doch Platz, bitte. Tee oder Kaffee?«

»Äh, Kaffee. Schwarz«, antwortet der Doc und beobachtet erstaunt, wie die beiden Gorillas, die ihn in dieses Luxusbüro geschleppt haben, mit einer Geste ihres Chefs entlassen werden. Nach den zwei Stunden, die er in einer Betonzelle im Keller der Villa verbringen mußte, hat er wirklich mit allem möglichem gerechnet – nur nicht mit Frühstück.

»Darf ich mich vorstellen: Oleg Brodskij, Mehrheitseigentümer der Kiev Trans-Universal Enterprises«, sagt sein Gastgeber und streckt ihm eine makellos manikürte Hand entgegen. Dann deutet er auf das verzogene Balg, das grinsend neben dem Schreibtisch steht und seine Smith & Wesson schwenkt. »Meinen Sohn Andrej haben Sie ja bereits im Garten kennengelernt.«

Als der Doc gerade zu einer Antwort ansetzen will, hebt Klein-Andrej die Waffe, zielt auf seinen Kopf und drückt ab. Den Bruchteil einer Sekunde lang glaubt der Hobbykriminalist, sein letztes Stündlein habe geschlagen; doch dann zerplatzt ein dicker Wasserstrahl an seiner Stirn. Brodskij und Sohn zerkugeln sich vor Lachen.

»Sehr witzig«, knurrt er und funkelt sein Gegenüber zornig an.

»Aber, aber, Herr Doktor«, erwidert Brodskij und läßt die kultivierte Maske fallen. Für einen Augenblick sieht er aus wie der brutale Schlachtergeselle, der er in seiner Heimat wahrscheinlich gewesen ist. »Sie sollten froh sein, daß Sie noch leben. Nicht auszudenken, was passiert wäre, wenn meine Assistenten Sie beim Einbrechen erwischt hätten. Sie sähen jetzt möglicherweise aus wie Ihre gute Bekannte Rikki Horvath.«

Dem Doc entgeht nicht, daß man sich wieder einmal bestens über ihn und seine Angelegenheiten informiert hat. Er beschließt, diplomatisch zu schweigen. Schließlich muß es einen Grund geben, daß einer der Capos der Wiener Russenmafia ihn nicht einfach kaltgemacht hat. Also wartet er ab.

»Schauen Sie, Herr Doktor, ich weiß genau, wie Sie und Ihre Landsleute über ›Ostblock-Gesindel‹ wie mich denken«, sagt Brodskij ernst. »Doch das ist mir egal. Wenn man den Großteil seines Lebens unter kommunistischer Herrschaft verbracht hat, ist man wesentlich schlimmere Demütigungen gewöhnt – vor allem jene, daß man es in einem solchen System nicht aus eigener Kraft zu etwas bringen kann. In Österreich bin ich ein erfolgreicher Geschäftsmann, der nichts anderes tut, als menschliche Bedürfnisse zu befriedigen.«

»Das hat schon Al Capone gesagt«, wendet der Doc selbstmörderisch ein.

»Und recht hatte er. Dumm war nur, daß er sich von der Steuerbehörde erwischen ließ. Aber das kann mir dank meiner überaus fähigen Finanz- und Rechtsberater nicht passieren.«

»Apropos – genau deswegen wollte ich Sie sprechen«, meint der Doc und zieht ein liniertes Quartheft hervor, das er in seinem Hosenbund versteckt gehabt hat. Er schlägt eine Seite auf und reicht dem russischen Paten sein Mitbringsel über den edlen Schreibtisch. »Lesen Sie.«

»Daß ich die 150.000,– ohne Bürgen und Sicherheiten nicht zinsenfrei kriegen würde, habe ich ja gewußt. Aber 14,5 Prozent sind schon ein ziemlicher Hammer«, trägt Brodskij den rot umrandeten Teil aus Rikkis Tagebuch vor. »Sehr interessant – aber worum geht es hier?«

»Ganz einfach. Ihre Firma hat dem Fräulein Horvath einen Kredit über den genannten Betrag gegeben. So steht's in ihrem Tagebuch – und wenn eine Frau jemandem die Wahrheit sagt, dann bekanntlich ihrem Tagebuch.«

Brodskij nickt. »Stimmt. Und weiter?«

»Aber Sie wissen doch genau, wie's weitergeht, Herr Brodskij«, sagt der Doc. »Ihr Geschäftsführer, der werte Herr Schraake, konnte anscheinend nicht genug kriegen. Als er neulich bei Rikkis Mutter auftauchte und ihr Lokal in Zahlung nehmen wollte – und das wegen der lächerlichen Summe von 150.000 Schilling –, ist mir ein Licht aufgegangen. Ich schätze, in Ihrer Kopie des Kreditvertrags findet sich ein Betrag, der um einiges höher ist.«

»Um das Zehnfache, wenn Sie es genau wissen wollen«, entgegnet der Russe, dem das Lachen jetzt eindeutig vergangen ist. »So etwas Ähnliches habe ich schon vermutet, und aus diesem Grund ist Herr Schraake auch schon unterwegs hierher. Aber ich danke Ihnen trotzdem für Ihre Information, Herr Doktor Trash. Wenn Sie mir in Zukunft etwas mitzuteilen haben, brauchen Sie nicht mehr den Hintereingang zu benutzen – meine Tür steht Ihnen stets offen. Und jetzt möchte ich Sie nicht länger aufhalten.«

Als der Doc von einem höflichen und original britischen Butler zum Eingangstor geleitet wird, kommt ihm ein dunkler Mercedes entgegen, auf dessen Rücksitz Dr. Schraake sitzt und ziemlich nervös wirkt. Das mag unter anderem daran liegen, daß er zwischen zwei gefährlich wirkenden Individuen eingeklemmt ist, die seine Arme wie Schraubstöcke umklammert halten. Trash winkt, und der eine Gorilla läßt das Autofenster heruntergleiten.

»Begrüße Sie, mein lieber Schraake!« sagt der Doc jovial. »Ich wollte mich nur noch für das Geschenk bedanken, das Ihr Freund an meine Wohnungstür genagelt hat. Ich glaube, Sie werden das Katzerl noch beneiden ...«

Dann dreht er sich um und verläßt fröhlich pfeifend das Anwesen des russischen Geschäftsmanns.

Besser hätte der Tag gar nicht beginnen können.

***

Der Trainer läßt ein herzergreifendes Gähnen los.

Es ist acht Uhr früh. Heute mittag soll die Rikki ihre letzte Reise antreten. Und damit beim Begräbnis, ermittlungstechnisch gesehen, alles reibungslos abläuft, hat man ihn wieder einmal zu einer Konferenz in die Kirchengasse zitiert. Zu nachtschlafender Zeit.

In der wie immer düsteren Behausung des Dr. Trash steht das Stimmungsbarometer auf Tief. Schwermütige Gesänge erfüllen die Datenzentrale, während der Doc draußen im Vorzimmer in seinem Kleiderkasten herumkramt.

»Muß die Selbstmördermusik sein?« brüllt der Trainer durch die offene Tür.

»Das ist Nico, du Kulturbanause«, rügt ihn der Doc.

»Mit ihrer tieftraurigen Version von Jim Morrisons ›The End‹. Dem Anlaß entsprechend, sozusagen. Und jetzt laß mich in Ruhe, ich muß mich einkleiden.«

»Du trägst doch sowieso immer Schwarz – wo ist das Problem?« ätzt der Trainer. Als keine Antwort kommt, starrt er eine Zeitlang resigniert in sein Kaffeehäferl, bevor er zur Fernbedienung des tragbaren Notfernsehers (das Breitwandgerät hat der Hammerunhold vernichtet) greift und tonlos durch die Sender surft.

»Schnell, Doc, das mußt du sehen!« ruft er plötzlich aufgeregt und dreht den Ton auf. Als Trash herbeieilt, wird er in den Frühnachrichten mit dem Bild des verblichenen Erwin Stelzhammer konfrontiert.

»...meldet, daß der Unfall mit Fahrerflucht, der sich vor genau einer Woche beim Wiener Donauzentrum ereignete, aufgeklärt werden konnte«, sagt der Sprecher gerade. »Es handelte sich um eine Racheaktion. Das Opfer, Erwin W., war Angestellter eines Wachdiensts und soll das weibliche Mitglied einer Jugendbande sexuell belästigt haben. Der gestohlene Wagen wurde Montag vormittag sichergestellt; darin entdeckte Fingerabdrücke führten zu den vorbestraften Tätern. Die drei verhafteten Jugendlichen – Patrick W., Klaus H. und Dragan M. – sind geständig.«

»Ein Drive-by, wie der amerikanische Vorortbewohner sagt«, kommentiert der Doc und schaltet den Fernsehton wieder ab. »Sowas hab ich mir gleich gedacht. Unser Killer arbeitet nicht mit derart primitiven Methoden.«

Und damit macht er sich wieder auf die Suche nach der passenden Trauerkleidung.

***

Der Marsch zum Haupttor des Baumgartner Friedhofs treibt dem Trainer den Schweiß aus allen Poren. Er hat seine froschgrüne Rostlaube in der Hütteldorfer Straße geparkt und schleppt sich – vorbei an Steinmetzbetrieben und Grabgärtnereien – die Waidhausenstraße hinauf zu dem Gottesacker, in dem Rikki Horvath in knapp einer Viertelstunde zur letzten Ruhe gebettet werden soll.

Der Trainer ist spät dran. Eigentlich sollte er bereits seit fünf Minuten etwas abseits der Aufbahrungshalle auf seinem Posten sein. Aber das war nicht seine Idee. Franz Brunner, der frühpensionierte Krimineser und Dietrich-Experte, hatte bei ihrer morgendlichen Einsatzbesprechung die Aufgabenverteilung vorgenommen. Kritik oder Gegenvorschläge waren unerwünscht. Und so hat der Trainer nun die undankbare Rolle eines an der Causa Rikki völlig unbeteiligten Friedhofsbesuchers, der sich in der prallen Mittagssonne die steile Straße zum Haupttor hinaufquält, eingezwängt in einen viel zu engen schwarzen Zweireiher und beinahe stranguliert von seiner einzigen Krawatte, die mindestens so scheußlich aussieht, wie sie sich um seinen Hals anfühlt. Stahlblau, mit vielen kleinen Regenbogenforellen.

Der Trainer schnaubt wie eine alte Dampflok, spürt den Schweiß in Bächen seinen Rücken hinunterrinnen und sieht überall bunte Sterne. Auf dem Asphalt, in den Bäumen, in den Gesichtern der Passanten. »Wenn nicht bald ein großes Bier vorbeikommt, oder zumindest ein Soda-Zitron, steh ich den Aufstieg nicht durch, geschweige denn das Begräbnis«, geht es ihm durch den Kopf, als sich eine knochige Hand auf seine Schulter legt.

Der Trainer fährt herum und blickt in das von roten und grünen Sternchen umrahmte Gesicht des Rudolf Polifka.

»D'Ehre, Herr Trainer«, sagt der greise Peep-Show-Mitarbeiter. »I wollt Ihnen ned erschrecken. Is eh alles in Ordnung – gsundheitlich, mein ich?«

»Tag«, keucht der Trainer. »Wieso?«

»Sie san rot wia a Krebs im Gsicht und waschlnaß. Sie solltn Ihnen Fiebermessen. Weu so gfallns ma gar ned. Sie schaun ja aus wie seinerzeit der Laurence Harvey in ›Die Nacht des Leguan‹!«

Dann öffnet er umständlich seine antike Aktentasche, mit der er wahrscheinlich schon in der Zwischenkriegszeit in die Hauptschule gegangen ist, und zieht eine Dose Ottakringer heraus.

»Danke. Sehr aufmerksam«, sagt der Trainer und greift zu. Als er das kühle Blech in der Hand hält und die Dose öffnet, fühlt er sich gleich deutlich besser. »Die Hitz und zu viel Kaffee in der Früh«, meint er und nimmt einen kräftigen Schluck.

»Was i immer sag, Herr Trainer: Kaffee is pures Gift. Nachm Aufstehn a Hülsen, und da Tag is gerettet. Gehts eh no, oder is ned scho brunzwarm?«

»Super«, ist vorerst alles, was der Trainer sagen kann, ehe er dem Polifka die Bierdose überreicht und einen Rülpser hören läßt, der die Grabsteine hinter der Friedhofsmauer zum Wackeln bringt. »Apropos – nur für den Fall, daß Sie jemand fragen sollte: Sie haben mich heute hier nicht gesehen!«

»Aso? Wo denn?« staunt der Polifka, bis ihm ein Licht aufgeht. »Jetz versteh i! Verdeckte Ermittlungen, ned? Wie seinerzeit der Giuliano Gemma in ›Friedhof ohne Kreuze‹.«

»Genau so«, sagt der Trainer.

***

Es ist ein kurzer Abschied. Die Rosi wollte das so. Sie wollte keinen kirchlichen Trost, keinen salbungsvollen Nachruf, keine Kranzparade. Die Rikki hatte ihr Lebtag lang weder ein Auge noch ein goldenes Handerl für Blumen, also wozu dann jetzt der ganze Aufwand. In der Aufbahrungshalle steht nur eine Vase mit 32 roten Rosen vor dem hellen Holzsarg. Im Juli wäre Rikki 33 geworden.

Der diensthabende Bestattungsbeamte bekam von Rosi eine Cassette in die Hand gedrückt, die er auf ihr Zeichen hin starten sollte. Rikkis Lieblingslied »Layla«, in der Originalversion von Derek and the Dominos. Der Kurtl hat die Platte irgendwann kurz vor der behördlichen Schließung ins *Espresso Rosi* mitgebracht, das muß so um 77/78 gewesen sein, und dazu gesagt, daß es kein schöneres Lied über die verzweifelt unglückliche Liebe geben wird, auch in hundert Jahren nicht. Die Rikki hat sich das damals sehr zu Herzen genommen. Zu sehr vielleicht.

Während Eric Clapton und Duane Allman an ihren Slidegitarren fürwahr beseelte Trauerarbeit leisten, steht nur eine Handvoll Hinterbliebener mit gesenkten Köpfen vor Rikkis Sarg. Auch das wollte die Rosi so. »Keine Lemuren, keine Erbschleicher und keines von den Mannsbildern, die meiner Kleinen eh nur weh getan haben.« Morgen dann wird sie die Partezetteln verschicken, wo drinnen steht, daß die Rikki bereits in aller Stille und im engsten Familienkreis beerdigt worden ist.

Bettina und der Doc stehen in der zweiten Reihe, hinter der Rosi, ihrer jüngeren Schwester Agnes und deren Mann. Mehr Familie gibt es nicht. Die übrigen Trauergäste sind dem Doc persönlich bekannt: Musiker der Chefpartie, Musiker der Kombo, der Polifka Rudl, Kommissar Skocik. Bis auf letzteren wurden sie alle telefonisch von der Rosi zum Begräbnis eingeladen.

Kein Dieter Dietrich. Und auch nicht sein Sohn Sascha.

Brunner hat das bei der Einsatzbesprechung bereits angekündigt: »Unser Freund Dietrich nimmt nicht Abschied wie alle anderen. Der schließt sich dem Trauerzug erst an, wenn die Zeremonie in der Aufbahrungshalle vorbei ist.«

»Warum?« fragte der Doc.

»Er ist nicht eingeladen. Er gehört nicht zur Familie. Und er ist der Mörder«, meinte Brunner nur.

***

Der Trainer folgt dem Trauerzug, der sich in Richtung Reihe 37 in Bewegung gesetzt hat, mit einigem Abstand. Dabei orientiert er sich an Rudolf Polifka, dem Schlußlicht der schwarzen Karawane, der gleich nach Verlassen der Aufbahrungshalle einen Abstecher in die Büsche gemacht hat, um dort einen Flachmann aus seiner Aktentasche zu holen und nach einem Schluck Weinbrand nun schwankenden Schrittes wieder Anschluß an die Trauergemeinde zu suchen.

Plötzlich fällt schon wieder eine Hand auf seine Schulter. Der Trainer zuckt zusammen und dreht sich um.

»Nervös?« erkundigt sich Skocik und bleckt die Zähne zu einem herzlosen Grinsen. »Dazu habens keinen Grund. Ich hingegen schon. Ich hab nämlich grad vorher ein Gspenst gsehen. Und zwar das von meinem ehemaligen Chef. Brunner. Franz Brunner. Der geistert da zwischen den Grabsteinen herum. Sie wissen ned zufällig, was der auf der Horvath ihrer Leich verloren hat, oder?«

»Keine Ahnung«, lügt der Trainer. »Warum fragen Sie ihn nicht selber?«

»Es gibt Gspenster, die reden nix mit mir.«

»Aus gutem Grund, schätz ich«, sagt der Trainer und läßt Skocik stehen. Doch der packt ihn am Sakkoärmel und faucht ihn an. »Momenterl! Ned so eilig, mein Freund. Wann du und dein komischer Doktor sich mit dem Brunner auf ein Packl hauen und ihr in meine Ermittlungen dreinpfuschen wollts, dann reiß ich euch so den Arsch auf, daß nur mehr Briketts scheißts bis ans Ende eures Lebens! Noch irgendwelche Fragen?«

»Ja. War das eine dienstliche Drohung oder ein persönlicher Rat, Herr Kommissar?« erkundigt sich der Trainer und schüttelt den vor Wut bebenden Skocik ab.

***

Als die Sargträger in die Reihe 37 abbiegen, hat der Trauerzug Zuwachs bekommen. Der Polifka Rudl konnte wieder zu den anderen aufschließen. Skocik schreitet in der dritten Reihe, flankiert von Ricky Gold und Professor Gugg. Und ein Mann in Schwarz mit einem Übergangsmantel über dem Arm ist zu der kleinen Gruppe gestoßen.

Der Doc hat das Auftauchen von Dieter Dietrich sofort

bemerkt und Bettina einen entsprechenden Blick zugeworfen. Es sind nur noch ein paar Meter bis zu Rikkis offenem Grab. Der Doc tritt zur Seite, bückt sich und zerrt an seinem Schnürsenkel. Aus dem Augenwinkel beobachtet er, wie der Dietrich den alten Polifka überholt und sich hinter dem Trio Havlicek/Horak/Jedelsky, alles ehemalige Chefpartie-Mitglieder, einreiht. Als sich der Doc wieder aufrichtet, kommt Brunner zwischen zwei Gräbern hervor und gesellt sich wie zufällig zu Rikkis tödlichem Verehrer.

Der Doc ist jetzt direkt hinter ihnen.

Brunner nickt Dietrich zu. Dietrich nickt automatisch zurück, stutzt dann und verlangsamt seinen Schritt.

»Also des Leben spielt schon die verrücktesten Stückln. Is ned so, Herr Dietrich?« sagt Brunner leise. »Als wir uns das letzte Mal gsehn haben, am Südwestfriedhof, habn Sie grad Ihre liebe Frau begraben. Muß mindestens acht, neun Jahr her sein.«

»Ahja ... ich ... Herr ... äh?« stammelt Dietrich, und der Doc beobachtet, wie sich seine rechte Hand in den fein säuberlich zusammengefalteten Mantel verkrallt.

»Brunner. Sicherheitsbüro. Eine Verwandte von Ihnen, die selige Frau Horvath?«

»Neinnein«, beeilt sich Dietrich mit der Antwort und weiß dann nicht so recht weiter. »Es ist mehr ... wie soll ich sagen ... ich bin quasi ...«

»Ein Freund der Familie?«

»Sozusagen. Ja. Eine schreckliche Sache«, sagt Dietrich mit festerer Stimme, aber seine Rechte knetet nach wie vor den Übergangsmantel. »Sind Sie mit der Aufklärung dieser fürchterlichen Bluttat befaßt, Herr ... äh ... Brunner?«

»Ned direkt«, sagt Brunner. Sie stehen nun vor dem offenen Grab in vorletzter Reihe und beobachten schweigend, wie der Sarg mit Rikkis sterblichen Überresten langsam und schwankend in die Tiefe gesenkt wird.

»Gott sei ihrer reinen Seele gnädig«, flüstert Dieter Dietrich. Dann macht er wortlos und abrupt kehrt und geht eilig davon.

Der Doc schaut ihm nach und sieht auf dem breiten Kiesweg, der zum Ausgang des Friedhofs führt, den Trainer in Position. Der wird sich nun, laut Einsatzplan, an Dietrichs Fersen heften und Brunner per Handy über jeden Schritt von Rikkis Mörder am laufenden halten. Denn Brunner meint, nach einer solchen Begegnung am Grab seines Opfers wäre auch der coolste Killer anfällig für mindestens einen schweren Fehler.

»Herr Doktor, auf ein Wort, aber unter vier Augen«, fordert der Polifka Rudl mit unangemessen lauter Stimme. Der Doc und Bettina gehen soeben durch das Friedhofstor und halten Ausschau nach einem Taxi.

»Wir haben keine Geheimnisse voreinander«, meint der Doc müde, und Bettina lächelt dazu rätselhaft.

»Es wär wegen die zwa Männer auf der Leich«, sagt der Polifka. »Die kenn i! Der Jüngere mit dem Mantel, des war a glühender Verehrer von der Rikki. Und der, wos mit ihm vorm Grab so lang gredt hat, obwohl ma des ned tuat, der is absolut frank und unverdächtig, Herr Doktor! Für den leg i mei Hand ins Feuer! Wie seinerzeit der Dean Martin fürn Montgomery Clift in ›Verdammt in alle Ewigkeit‹. Des is nämlich der Franz. A Rentner. Und mei beste Kundschaft seit mindestens vier Jahr.«

Kapitel 12: »Showdown in Mariahilf«

»Wunderbar!« sagt der Trainer resigniert und versucht zum dritten Mal, auf Brunners Partner-Handy eine Kurzwahlnummer einzugeben. Wieder nix – das blöde Ding verlangt dauernd einen sogenannten PIN-Code von ihm, und den hat er natürlich vergessen. Aber irgendwo müßte er doch noch einen Zettel haben, wo die Nummer draufsteht …

Der Trainer klappt das Telefon, das sich der pensionierte Kriminalbeamte für den heutigen Tag von seiner Lebensgefährtin, der hantigen Frau Ursula, ausgeborgt hat, mit einem ärgerlichen Seufzen zusammen. Nicht größer als eine Zigarettenschachtel, aber mindestens so unpraktisch und menschenfeindlich wie die Mikroelektronik, mit der Trash Tag und Nacht hantiert, denkt er und durchsucht seine Anzugtaschen nach dem lebensnotwendigen Stück Papier.

Dabei hat er momentan wirklich Wichtigeres zu tun, als einen Nachhilfekurs in moderner Kommunikationstechnik zu nehmen. Zum Beispiel Dieter Dietrich beschatten, der ungefähr zehn Meter vor ihm mit forschem Schritt die Waidhausenstraße hinuntergeht. Der Hauptverdächtige im Mordfall Rikki Horvath hat das Begräbnis seines Opfers in geradezu ungebührlicher Eile verlassen und bewegt sich jetzt Richtung Hütteldorferstraße.

Endlich hat sich der Zettel gefunden – in der äußeren Brusttasche des dunklen Sakkos. Wenn man so selten Anzug trägt wie der Trainer (der sich ohne seine Jeans und ein T-Shirt aus seiner reichhaltigen Rock'n'Roll-Motivsammlung richtig fremd fühlt), weiß man halt nicht gleich, wo man nachschauen soll.

Chefermittler Brunner meldet sich beim ersten Läuten. »Ja«, sagt er nur.

»I bins«, flüstert der Trainer. »Was hams denn gredt mit ihm, Herr Brunner?«

»Des is doch jetzt unwichtig«, entgegnet Brunner barsch. »Entscheidend is, daß ich den Dietrich nervös gmacht hab. Und zwar so nervös, daß er jetzt garantiert an entscheidenden Fehler machen wird. Und deswegen brauch ma Ihnen, Herr Trainer, damit wir wissen, wo er uns in Netz gehn wird. Also passens gfälligst auf, wo er hinfahrt. Alles klar? Wiederschaun.«

»Sowieso«, sagt der Trainer beleidigt, klappt das Handy zusammen und konzentriert sich auf seine Aufgabe. Herr Dietrich wartet gerade bei der Ampel, also tut sein Beschatter so, als müßte er sich den Schuh zubinden. Solche Verfolgungsjagden kennt er aus dem Fernsehen, also weiß er, was zu tun ist.

Als Dietrich allerdings bei Rot über die Straße läuft und noch schnell in den gerade abfahrenden 49er springt, wird der Trainer unruhig. »Scheiße!« ruft er überrascht. »Warum is denn der Trottel ned mitn Auto unterwegs?!«

Jetzt ist Action angesagt. Der Trainer hetzt zu seiner froschgrünen Rostlaube, die ein paar Meter hinter der Straßenbahnstation geparkt ist, wirft den Motor an und rast dem öffentlichen Verkehrsmittel hinterher. Rücksichtslos, wie im Film. Als er die Bim eingeholt hat, sieht er Dieter Dietrich mit seinem geschmackvollen Übergangsmantel sogar hinten im Schaffnerlosen stehen.

Wieder der Griff zum Telefon. »Er is im 49er! Was soll i jetzt machen?«

»Dranbleiben«, meint Brunner. »Und möglichst unauffällig, wenn geht.«

Aber das ist gar nicht so einfach. Je länger der Trainer der Straßenbahn hinterherzockelt, desto länger wird der Stau hinter ihm. Und desto größer der Zorn der anderen Verkehrsteilnehmer, die lautstark hupen, ihm den schlimmen Finger zeigen und irgendwann mit waghalsigen Manövern versuchen, an der Rostlaube vorbeizukommen.

Der Trainer duckt sich hinters Lenkrad, doch dafür ist es zu spät. Dietrich steht bereits am Rückfenster des 49er-Waggons, betrachtet ihn nachdenklich und lächelt. Kurz vor dem Gürtel geschieht dann das Unvermeidliche: Dieter Dietrich steigt an der Station Schweglerstraße aus und verschwindet in der Menge. Bis es endlich grün ist und der Trainer in die Schweglerstraße einbiegen kann, hat ihn der Observierte längst abserviert.

»Brunner?!«, schreit der Trainer wenige Sekunden später ins Handy. »Er is mir entwischt. Aber ich kann mir schon denken, was er vorhat. Der Kerl setzt sich ab, wahrscheinlich per Eisenbahn. Ich fahr jetzt zum Westbahnhof und überwach dort die abfahrenden Züge, okay?«

»Jaja, wie Sie glauben, Herr Trainer«, sagt Brunner resigniert. »Is eh scho wurscht.«

***

»Eingefädelt. Aus der Traum«, brummt Brunner und legt das Handy kopfschüttelnd vor sich auf den Wirtshaustisch. Der Doc und Bettina haben die Miene des Exkriminesers während des Telefonats mit dem Trainer genau beobachtet, aber Brunner war absolut nichts anzumerken. Das perfekte Pokerface. Erst jetzt steht ihm die Enttäuschung ins Gesicht geschrieben.

»Er hat ihn abgehängt?« äußert der Doc einen Verdacht, der ihn bereits bei der morgendlichen Einsatzbesprechung beschlichen hatte. Ausgerechnet den Trainer mit der Beschattung des Dieter Dietrich zu betrauen, war schlicht eine Schnapsidee. »Mist«, sagt Bettina, ohne Brunners Antwort abzuwarten. Der Trainer tut ihr ehrlich leid. Denn auch für sie war er auf diesem Posten von Anfang an eine glatte Fehlbesetzung.

Brunner antwortet erst gar nicht, sondern ordert beim Kellner seine traditionelle Mischung: einen kleinen Mokka, kurz und schwarz, mit einem großen Weinbrand, günstig, aber dafür handwarm.

Sie sitzen im schattigen Garten der Gaststätte *Zum goldenen Baum*, nur ein paar Schritte vom Haupttor des Baumgartner Friedhofs entfernt. Die Rosi hat es sich nicht nehmen lassen, die Trauergemeinde auf einen Umtrunk einzuladen, der zumindest am oberen Ende der Tafel – wo unter dem Vorsitz von Rikkis trauernder Mutter die besonders trinkfeste Fraktion von Ostbahn-Musikanten über den Sinn von Leben und Tod nachdenkt – in ein Besäufnis biblischen Ausmaßes abzugleiten droht.

Der Polifka Rudl, der gerade mit einem halbleeren Krügel in der Hand vom Klo kommt, weiß nicht so recht, auf welche Seite er sich schlagen soll, und entscheidet sich dann wider Erwarten gegen das Kampftrinker-Gremium.

»Franz, auf a Wuat!« wendet er sich an Brunner und läßt sich neben ihm auf den Gartenstuhl plumpsen.

»Was liegt an, Rudl?«

»Nix«, sagt der Polifka vorbeugend, weil er zu spät bemerkt hat, daß seinem treuesten Kunden offenbar Fragen durch den Kopf gehen, die mit den Sehenswürdigkeiten in der *Live Girl Revue* nur ganz am Rande zu tun haben. »Es is nur so: I hob ma über Mittag frei gnumman, wegen der Leich, oba i miaßat dann schön langsam wieder zruck in de Hackn. Es warat wegen ana Mitfahrgelegenheit ...«

Eine Traditionsmischung später sind Brunner und der Polifka bereits im Taxi zur Peep-Show am Mariahilfer Gürtel unterwegs. Der Doc und Bettina haben den Auftrag erhalten, Dietrichs Wohnhaus im Auge zu behalten. Sollte der Tatverdächtige dort auftauchen, ist das Einsatzleiter Brunner umgehend per Handy mitzuteilen. Dasselbe gilt für den Trainer an seinem aussichtlosen Posten in der oberen Halle des Westbahnhofs. Nur keine eigenmächtigen und übereilten, mit den Kollegen und der Chefetage nicht abgesprochenen Aktionen.

»Redst du do dienstlich?« erkundigt sich Rudolf Polifka, den Brunners mobiltelefonische Direktiven gleichermaßen beeindrucken wie verwirren. »I hab allwäu glaubt, du bist in der Rentn!«

»Theoretisch«, sagt Brunner und gibt dem lahmen Taxler gleich darauf die Sporen: »Sicherheitsbüro. Brunner. Hamma den Schein? Ah, eh ned? Wannst ned glei fliagn lernst, kriagst erm nie!«

In den wenigen Minuten, die der durch Brunners harsche Worte frisch motivierte Taxilenker, offenbar ein kaum ortskundiger Einwanderer aus dem südlichen Hindustan, nunmehr bis zum Mariahilfer Gürtel braucht, wird am Rücksitz der Mietdroschke so manches klarer:

»Gehts leicht um den Trauminix vom Marktamt, der wos die Rikki so verehrt hat und mit dir am Grab so lang gredt hat?« erkundigt sich der Polifka.

»A gewisser Dieter Dietrich«, nickt Brunner. »Waaß ma wos von dem?«

»Najo, wissen … wie soll i sogn?« meint der Polifka – und weiß dann ganz viel über den Waldek zu berichten, einen polnischen Automechaniker und vormaligen Rennfahrer, den er aus dem *Café Rallye* kennt.

»Sechshauser Straßen 38? Weinhofer Josef?« fragt Brunner nur.

»Na und?« kontert der Polifka, weil er aus Erfahrung weiß, was auch der Brunner aus Erfahrung weiß, nämlich daß das *Rallye* nicht unbedingt zu den ersten Adressen zählt, weder im Bezirk noch weltweit.

Besagter Waldek jedenfalls war Spezialist für Oldtimer, im besonderen für historisch wertvolle italienische Sportwagen: »Ferrari, Alfa Romeo, Lambrusco, nur des Feinste vom Feinen«, erzählt der Polifka. In der Liniengasse, irgendwo in einem Eckhaus, betrieb er eine Reparaturwerkstätte, was ihm im *Café Rallye* den Spitznamen »der Waldek vom Hauseck« einbrachte. Aber dann passierte dieser Unfall. Der erfahrene Mechaniker geriet aus bis heute nicht eindeutig geklärten Ursachen unter seine Hebebühne und verlor dabei das linke Bein. »Wie seinerzeit der Dick van Dyke in ›Lohn der Angst‹, wennst di erinnern kannst«, beweist der Polifka einmal mehr sein filmgeschichtliches Fachwissen.

»Und was hat dieser Waldek mit dem Dietrich zu tun?« wird Brunner langsam ungeduldig.

»Na, dem ghört doch jetzt die Garasch! Auf meine Vermittlung, quasi. Weil der Waldek vom Hauseck als Invalide sei Bude zumachen hat müssen, und der Dings, der Dietrich vom Marktamt, zu dera Zeit überall im Bezirk herumgfragt hat wegen einer preisgünstigen Werkstatt. Für seine Hobby.«

»Interessant«, sagt Brunner. Dann greift er sich wortlos den Stadtplan, der neben dem Taxler griffbereit auf dem Beifahrersitz liegt, und schlägt die Karte des sechsten Bezirks auf.

»Liniengasse, Ecke … was?«

»Liniengassn … Liniengassen …« strapaziert der Polifka die kargen Überreste seines Langzeitgedächtnisses. »Liniengassen, Ecke irgendwas. Jedenfalls gleich dort beim Spital. Weil der Waldek bei sein Unfall mit dem zerquetschten Haxn no auße auf die Straßn ghupft is, und dort habn ihn Passanten aufklaubt und glei vis-à-vis ins Krankenhaus bracht. Zu die barmherzigen Schwestern. Sein Glück. Wäu sonst wär er verbluat und heut nimma do, da Waldek …«

Aber dieses Kapitel des polnischen Einwandererschicksals interessiert Brunner schon nicht mehr. Er wählt in aller gebotenen Eile den Doc und dann den Trainer an. Es ist soweit. Der Dietrich sitzt in der Falle. Das weiß man. Das hat man im Urin.

***

»Also, wanns am Geld liegt, Franz, dann soll des grad heut ka Problem sein«, meint der Polifka, als er vor der *Live Girl Revue* umständlich aus dem Taxi steigt. Er kann einfach nicht begreifen, daß der ansonsten so virile Exkriminalist keine Lust auf einen ganz kurzen Abstecher in »seinen« Erotiktempel hat. »Nach so einem traurigen Anlaß schreit der Körper doch förmlich nach an bißl einer erotischen Entspannung«, gibt er sich als Gerti-Senger-Jünger zu erkennen. »Und außerdem: Der Tod und die Liebe hängen irgendwia eng zsamm miteinand. Wie seinerzeit beim Marcello Mastroianni und der Monica Vitti, wie er ihr am Begräbnis hinter an Grabstein ohne jeden Genierer untern Rock griffen hat. ›Das Geheimnis der schwarzen Witwe‹. Spitzenfilm.«

»Des waren der Belmondo und die Catherine Deneuve«, sagt Brunner und schließt die Wagentür.

Der Polifka denkt kurz nach und schüttelt dann energisch den Kopf. »Sicher ned. Wäu des tät i wissen!«

Aber da setzt das Taxi bereits seine wilde Fahrt in die Liniengasse fort.

***

»Febra! Makknaufbitte, Werbu!« brüllt Einsatzleiter Brunner in die Gegensprechanlage, nachdem er alle Klingelknöpfe gleichzeitig gedrückt hat. Als sich das Haustor prompt öffnet, zwinkert er dem Doc verschmitzt zu. »Alter Kiebererschmäh, Herr Dresch. Solltens Ihnen merken ...«

Der Doc nickt und grinst zurück. Er ist mit sich selbst zufrieden. Immerhin war es ein Anruf bei einem seiner geheimnisvollen Informanten, der die nunmehr wiedervereinten Ermittler zum Eckhaus Liniengasse/Garbergasse, direkt gegenüber vom Spital, geführt hat. Wenn Brunners Urin nicht trügt, muß Dietrich direkt hierher geflüchtet sein, wahrscheinlich um wertvolle Indizien zu beseitigen. In seiner Wohnung war er jedenfalls nicht – genausowenig wie am Westbahnhof, wie der Trainer zerknirscht zugeben mußte.

Brunner öffnet das Tor zum Hinterhof. »Na bitte, die Garasch«, sagt er leise.

Der Doc zögert nicht lang, schlüpft durch den Türspalt und schleicht, geduckt und lautlos wie ein Anti-Terror-Agent, zu einem der vergitterten Werkstattfenster. Dort reibt er mit dem Finger über das vor Schmutz fast blinde Glas und späht vorsichtig ins Innere des ebenerdigen Hinterhauses. Dann geht er wieder in Deckung, dreht sich um und hebt den Daumen der rechten Hand. Ihr Mörder sitzt in der Falle.

»Jetzt nur nix überhudeln«, warnt Brunner, als der Doc in den Hauseingang zurückkehrt.

Im Gänsemarsch traben die vier Freizeitkriminalisten über die ausgetretene Treppe in den ersten Stock, wo sie bereits von einer resoluten Rentnerin im geblümten Plastikhauskleid erwartet werden.

»Ham Sie grad gläut?« erkundigt sich die alte Dame mißtrauisch. »Zu wem wollens denn?«

»Sicherheitsbüro, grüssie«, sagt Brunner, der jahrzehntelange Routine im Umgang mit neugierigen Hausparteien hat, mit sonorer Autoritätsstimme. »Wir san wegen einer Amtshandlung im Haus. Betrifft allerdings keinen von die Mieter, sondern den Herrn in der Garasch hinten. Ka Grund zur Beunruhigung.«

»Aso, der komische Kerl, der wos die Werkstatt vom Herrn Waldek übernommen hat? Der kummt mir scho die längste Zeit verdächtig vor. Bis um drei in der Früh tut er oft schleifen und bohrn und was waaß i was. I wollt eh scho am Wachzimmer in der Stumpergassn anrufen und mi beschwern, Herr Inspektor – aber wissens eh, als alleinstehende Frau, und die Jüngste bin i ja auch nimmer …«

»Da hams uns wirklich sehr gholfn, Gnädigste«, läßt Brunner seinen Charme spielen. »Wir werden uns um des Subjekt kümmern. Aber jetzt gehns bitte wieder zruck in Ihr Wohnung, damit Ihnen nix gschieht. Sie wissen ja sicher, wie gfährlich so a Polizeiaktion sein kann.«

Kaum hat sich die Pensionistin wieder in ihre Räumlichkeiten verfügt, öffnet der Doc auch schon das Gangfenster und winkt den Trainer herbei.

»Siehst du die Oberlichte da drüben?« sagt er und deutet auf das Flachdach der Garage. »Dort gehst du in Position und beobachtest.«

»Wieso ich?« wehrt sich der Trainer, der alles andere als schwindelfrei ist.

»Weil dich der Dietrich vorher genau gesehen hat. Also ist es vernünftiger, du gehst ihm aus dem Weg.«

Brunner nickt bestätigend, und Bettina legt dem Trainer die Hand auf den Arm. »Du machst das schon«, meint sie beruhigend und küßt ihn zärtlich auf die Wange.

Als der Trainer durchs Fenster klettert, ist ihm ziemlich schwindlig. Aber mit Höhenangst hat das gar nichts zu tun.

***

»Herr Waldek? Hab ich ein Glück, daß Sie da sind! Der Herr Weinhofer hat Sie mir ja so ans Herz gelegt. Er hat gesagt, wenn es jemanden gibt in Wien, der mir bei meinem Problem helfen kann, dann nur Sie, Herr Waldek! Es geht um meinen Lamborghini, also genaugenommen um den Lamborghini vom Alfons, das ist mein Verlobter, und der darf um Gottes willen nie im Leben erfahren, was mir mit seinem Heiligtum passiert ist, heut nacht auf der Neunkirchner Allee …«

Bettina hört nicht auf, hysterisch zu schnattern, und läßt Dieter Dietrich dabei nicht die geringste Chance, ein Wort dazwischenzuschieben. Er steht ihr in der Tür zur Werkstatt mit halb offenem Mund gegenüber und ist von Bettinas Stakkato restlos überfordert. Nach ihrem oscarreifen Auftritt als abenteuerlustige Geschäftsreisende bei Dietrich jr. in der *Kiwi Lounge* brilliert sie vor dem Senior jetzt als dämliche Tussi, die den antiken Sportflitzer ihres Zukünftigen havariert hat und nun um eine wohlbestallte Zukunft, vielleicht gar die Partie ihres Lebens, bangen muß.

» … ist auf einem Ärztekongreß in Reims, kommt aber am Wochenende wieder, und bis dahin muß der Wagen tipptopp sein. Ich mein, es ist ja nicht viel passiert, und Geld spielt sowieso keine Rolle. Er steht draußen vor der Tür, Herr Waldek. Sie können sich gern sofort mit eigenen Augen davon überzeugen …«

»Entschuldigung«, sagt Dietrich, als sich Bettina endlich eine Atempause gönnt. »Den Herrn Waldek gibt es hier nicht mehr. Tut mir leid.«

Gleich darauf schießt ihm siedendheiß ein, daß er der honigblonden jungen Frau erst vor ein paar Stunden, beim Begräbnis seiner »reinen Seele«, begegnet ist, und er macht sich daran, die Garagentür schnell wieder zu schließen. Aber da steht ihm Brunners Fuß im Weg.

»Wir dürfen doch, nehm ich an!« meint Brunner und marschiert in die Werkstatt, ohne eine Antwort abzuwarten. Dieter Dietrich schaut ihm perplex hinterher. Und dann folgen auch schon Bettina und der Doc. Sie stehen in der einstigen Oldtimer-Werkstätte, in der Dieter Dietrich sozusagen mörderisch gebastelt hat. An der Wand über der Werkbank hängen detaillierte Skizzen von Schlachtschußapparat-Modellen, vielleicht auch von jenem genial modifizierten Gerät, das die Rikki umgebracht hat. Der Bastelonkel war offenbar gerade damit beschäftigt, die Spuren seiner Arbeit zu vernichten, denn in einem metallenen Papierkorb kokelt ein Packen Konstruktionspläne und Zeichnungen vor sich hin.

»Hamma kalte Fiaß kriagt, Herr Dietrich? Oder warum tua ma sonst einheizen bei dera Hitz?« erkundigt sich Brunner im Plauderton, während er die Reste der Pläne aus dem Papierkorb fischt und zur näheren Prüfung an Bettina und den Doc weiterreicht.

»Typisch«, meint der Doc, der wirklich alles über das Phänomen Serienkiller weiß, jedoch noch nie im Leben einem echten Zumindest-Doppelmörder gegenüberstand, ganz leise zu Bettina: »Absolut typisch. Der Mörder als Künstler. Selbstverliebt und arrogant. Und vor allem ganz vernarrt in sein Werk. Das soll bestehen, weit über den Tod hinaus.«

»Was soll das? Das ist mein Hobbyraum!« wehrt sich Dietrich. »Hier kann ich tun und lassen, was ich will! Sie und ihre dubiosen Freunde haben da nix verloren! Und was momentan hier passiert, ist schlicht Hausfriedensbruch! Verschärft durch die Tatsache, daß Sie, Herr Brunner, vom Polizeidienst suspendiert wurden und seit Jahren in der Rente sind, sich also quasi ein Amt anmaßen, das Ihnen die längste Zeit gar nicht mehr zusteht!«

»Kann sein«, sagt Brunner und streift dabei seelenruhig durch die Werkstatt. »Aber was ändert des? Zum Beispiel an der Tatsache, daß Sie die Rikki Horvath ermordet haben, mit einer Apparatur, die offenbar hier in dieser Räumlichkeit entwickelt wurde!«

»Ah ja?« japst der Dietrich. Dann fährt er herum, hat auf einmal einen Prototyp jenes Schlachtschußgeräts in der Hand, mit dem er die Rikki praktisch ferngesteuert ins Jenseits befördert hat, und macht zwei schnelle Schritte zu Bettina. Er packt den attraktiven Lockvogel an der Kehle und setzt ihr die Waffe an die Brust.

»Ich will gar nicht viel«, sagt Dieter Dietrich und bewegt sich mit Bettina, seiner Geisel, ganz langsam in Richtung Tür. »Keinen Hubschrauber. Kein Flugzeug. Keine Millionen in einem Koffer und in unmöglichen Währungen. Ich will nur die Wahrheit: Warum hat sie mich nie geliebt?!«

»Interessante Frage«, sagt Brunner mit ruhiger Stimme und macht einen vorsichtigen Schritt in Richtung Dietrich und Bettina. »Aber die Antwort werden Sie nur herausfinden, Herr Dietrich, wanns jetzt kan Bledsinn machen…«

Noch ein Schritt.

Aber Dietrich verstärkt seinen Würgegriff und richtet den Schlachtschußapparat auf Brunner. »Halt!« kreischt er und fuchtelt mit dem mörderischen Ergebnis vieler Bastelstunden unkontrolliert durch die Luft. »Bleiben Sie, wo Sie sind, und rühren Sie sich nicht! Keinen Millimeter! Oder ich kann für nix garantieren!«

»Herr Dietrich«, sagt Brunner und hebt ganz langsam die Arme. »Man kann doch über alles reden. Von Mann zu Mann. Also lassens, bittich, das Fräulein los, und dann …«

»Und dann? Was ist dann?!« Dieter Dietrich schüttelt den Kopf wie ein trotziges Kind. Dann lacht er und richtet seine Waffe abwechselnd auf Brunner und Bettina, die unter seinem Griff inzwischen verzweifelt nach Luft ringt. Der Doc lehnt kreidebleich an der Werkbank des irren Bastelonkels. Wenn nicht schleunigst so etwas wie ein Wunder geschieht, wird seine liebreizende Pathologin das nächste Opfer sein. Das weiß der Doc – obwohl er nicht an Wunder glaubt.

»Dann! Dann! Ich weiß genau, was dann geschieht!« schnaubt Dieter Dietrich wieder und zerrt Bettina mit sich zur Werkstattür. »Sie werden mir meine Rechte vorlesen lassen, von einem dazu befugten Beamten, und dann werde ich einer Justiz überantwortet, die Gottes Gesetz mißachtet, verhöhnt und mit Füßen tritt!«

»Herr Dietrich«, versucht Brunner Zeit zu gewinnen und ein Geiseldrama mit ungewissem Ausgang zu verhindern. »Wir san da in Österreich und ned in einer amerikanischen Fernsehserie. Kein Mensch lest Ihnen bei uns irgendwelche Rechte vor. Also sans gscheit und redens mit mir. Bin i a Unmensch, oder wos?«

»Glauben Sie an göttliche Gerechtigkeit, Herr Brunner?« geht ihm Dietrich – zumindest kurzfristig – auf den Leim. »Glauben Sie an das Wort des Herrn, wie es im Alten Testament geschrieben steht? Ja?! Dann müßten Sie wissen, daß mir soeben durch Ihr Zutun Unrecht widerfährt und ich keine andere Wahl habe!«

***

Der Trainer robbt ein paar Zentimeter weiter vor. Die Scheiben der Oberlichte sind dermaßen verdreckt, daß er das Geschehen in der Werkstatt direkt unter ihm nicht mitverfolgen kann. Aber er hört Stimmen: Brunners Brummen, Bettinas klägliches Röcheln und Dieter Dietrich, dessen schrilles Organ da unten offenbar das Sagen hat. Womöglich, jagen dem Trainer tausend Möglichkeiten durch den Kopf, hat der Dietrich den Doc niedergeschlagen oder kaltgemacht und verhandelt jetzt mit einem wehrlosen Brunner, der seit seiner Frühpensionierung ohne Dienstwaffe im Privateinsatz ist, über seinen Abgang. Zum Beispiel mit Bettina als Geisel.

Der Trainer denkt soeben darüber nach, daß er die bezaubernde Pathologin aus der Kirchengasse in den nächsten Tagen auf ein weiteres Abendessen zum Inder einladen wollte, um ihr bei geheimisvoll duftenden und fürwahr scharf gewürzten Delikatessen seine Liebe zu erklären, als mit einem lauten Aufreißen der Hoftür Kommissar Skocick und sein Assistent Fleischhacker das Schlachtfeld betreten. Beide Krimineser plärren in ihre Handys, schauen sich dabei im Hof um und zücken ihre Handfeuerwaffen. Offenbar haben sie die mobiltelefonischen Direktiven von Einsatzleiter Brunner an Trainer und Trash irgendwie abgehört und sind nun pünktlich zur Stelle, um den Mörder der Rikki Horvath einzukassieren.

Der Trainer weiß nicht, was er tut, als er sich bäuchlings noch ein kurzes Stück weiter auf die schmutzige Oberlichte schiebt, um seine Mitermittler vor dem unerwarteten Besuch zu warnen. Plötzlich gibt die gläserne Decke mit einem boshaften Knirschen nach, und er bricht mit seinen vielen bunten Gedanken durch und stürzt in einem Scherbenregen in die Tiefe.

***

Seine Landung in Dietrichs Bastelstube bleibt nicht ohne Folgen. Der Trainer fügt sich eine Prellung des linken Mittelfußknochens, zahlreiche kleine Schnittwunden im Gesicht und an den Unterarmen sowie eine mittelschwere Gehirnerschütterung zu.

Dieter Dietrich aber holt sich den schnellen Tod.

Als der Trainer aus heiterem Himmel in die Werkstatt kracht, fährt der verrückte Killer – der sich mit seiner Geisel bereits gefährlich nahe der Tür befindet – erschrocken herum, und Bettina kann sich aus seiner Umklammerung befreien. Den Schlachtschußapparat stößt sie mit dem Ellenbogen weg. Dabei löst sich der Bolzen und fährt Dietrich lautlos, aber höchst effektiv durch den Hals, direkt ins Kleinhirn, wo die niederen Instinkte des menschlichen Geistes auf ihren Einsatzbefehl warten. Der Dietrich will zwar noch ein paar letzte Worte sprechen, aber die ersticken in einem blutigen Röcheln.

»Kriminalpolizei, Skocik. Sie sind umstellt!« erledigt das Brunners einstiger Adjutant, als er Sekunden nach Dieter Dietrichs Ableben die alte Garage stürmt, um zu erledigen, was sich bereits erledigt hat.

***

»Schau, schau«, sagt der Doc und blättert in der Zeitung von morgen. »Das sind ja interessante Neuigkeiten.«

Der Trainer schreckt auf und betastet unwillkürlich eines der vielen Pflaster in seinem Gesicht. Ihr Showdown mit Rikkis Mörder ist erst zwei Tage her, und sein Fenstersturz hat ihn eine Menge Blut und Tränen gekostet. Aber Bettina hat sich fürsorglich um ihn gekümmert – und ihm dabei diskret zu verstehen gegeben, daß das mit ihnen nichts werden kann. Das kann sie dem Doc keinesfalls antun, hat sie gemeint. Und er eigentlich auch nicht. Schade. Der Trainer überlegt sich, ob er die Grazer Buchhändlerin wieder aktivieren oder sich lieber eine Zeitlang dem Liebeskummer hingeben soll.

Die beiden Privatermittler sitzen im *Café Vienna* am Flughafen Schwechat und warten darauf, das letzte Kapitel des Falls zum Abschluß bringen zu können. In ein paar Minuten soll der Kurtl eintreffen, aus New Orleans, via New York und Frankfurt. Mit mittlerweile dreieinhalb Stunden Verspätung. Der Trainer schüttelt den Kopf und seufzt.

»Hallo, Trainer, hörst du mir überhaupt zu?!« unterbricht Trash seine Grübeleien.

»Sowieso«, sagt der Trainer. »Was gibt's? Hat der Skocik leicht einen Orden gekriegt?«

»Vergiß den Skocik«, winkt der Doc ab. »Paß auf: ›In der Nacht zum Freitag machte ein Spaziergänger einen grausigen Leichenfund. Im Wienfluß, knapp oberhalb der Mündung in den Donaukanal, trieben die sterblichen Überreste eines etwa vierzigjährigen Mannes. Die Polizei konnte den Toten als Dr. Dirk Schraake, einen Hamburger Anwalt, dem Verbindungen zur Russenmafia nachgesagt werden, identifizieren. Schraake, so die Behörde, sei durch einen Genickschuß hingerichtet und zuvor wahrscheinlich länger gefoltert worden. Die Suche nach den Tätern läuft auf Hochtouren.‹ Furchtbare Angelegenheit, nicht?«

Da dem Trainer das boshafte Grinsen seines Gegenübers gar nicht gefällt, wendet er sich wieder seinem Krügel und seinen romantischen Überlegungen zu.

»Es ist soweit!« unterbricht ihn Trash schon wieder. »Da kommt der Kurt.«

Der Trainer wirft einen Blick zum Zoll. Tatsächlich – Dr. Ostbahn ist wieder im Lande. Braungebrannt, erholt und sichtlich gut gelaunt winkt er seinen Freunden zu, während der Zollbeamte gerade seine mitgebrachte Cajun-Ziehharmonika überprüft. Ein paar Sekunden später kommt er auch schon durch die Automatiktür.

»Tag, die Herren! Wie is die Lage?« begrüßt er die Daheimgebliebenen. Als er jedoch den betretenen Gesichtsausdruck und die Blessuren des Trainers registriert, stutzt er. »Wos is denn mit eich passiert?«

»Es ist folgendes«, hebt der Doc zu einer längeren Erklärung an.

»A blede Gschicht, Kurtl«, unterbricht ihn der Trainer.

ENDE

Glossar

(für Nicht-Wiener und Lernwillige)

Grant, S. 3: üble Laune
Pinkerl, S. 5: kleines Gepäckstück; aber auch: Last, Schuld, die man sich auf dem Lebensweg aufgeladen hat
Wickeln haben, S. 7: in (massiven) Schwierigkeiten stecken
Aufdrahten, S. 7: den A. haben = nicht die geringste Chance haben, mit der Weisheit völlig am Ende sein
Häfen, S. 9: Strafanstalt, Gefängnis, Zuchthaus
Gschaftlhuber, S. 11: umtriebiger Mensch, Wichtigtuer
Irdning, S. 15: österreichische Ortschaft; Wortspiel auf »Alles in Ordnung?«
Fluchtachterl, S. 15: das definitiv letzte Glas Wein vor dem Heimgehen, wird meist gefolgt von mindestens einem weiteren Fluchtachterl
pegeln, S. 16: schlichten, die Lage beruhigen, in Ordnung bringen
Benger-Rippslip, S. 17: Herrenunterhose der Firma Benger (beliebter Spruch: »Benger, mach's länger!«), gerippt und von schlotternder Paßform
Krimineser, S. 19: Kriminalbeamter
Ungustl, S. 19: unsympathischer, unappetitlicher Mensch
Spechtler, S. 20: Voyeur
Blashütten, S. 20: Animierlokal, in dem neben überteuerten Getränken auch oraler Sex angeboten wird
Schmähführen, S. 21: Wiener Spezialität – auf humorvolle Art sagen, was man denkt, ohne daß das Gegenüber mitbekommt, was gemeint ist
Kobel, S. 22: enges Behältnis, Käfig
Bsuff, S. 24: Trinker
Haberer, S. 26: Kumpel, Freund
Tschecherant, S. 27: Trinker
Viererziegel, S. 27: Geschlechtsverkehr mit vier Teilnehmern
Bröseln, S. 27: Probleme, Schwierigkeiten
Falott, S. 36: Lebemann, windiger Geselle
Puderant, S. 36: viriler, der Monogamie eher abgeneigter Mann (von »pudern« = koitieren)
Kriminal, das, S. 36: Polizeistation, U-Haft
Gwirks, S. 42: Verwicklung, Konfusion, Unannehmlichkeit
Griacherl, S. 43: (unangenehmer) Geruch
Hülsen, S. 47: Dosenbier

höscherln, S. 48: jemanden aufziehen, foppen, auf der Schaufel haben
Puffn, S. 49: Handfeuerwaffe
Kandl, S. 49: Handfeuerwaffe
Flohbeidl, S. 53: unsteter Mensch, Lebemann
Budel, S. 55: Theke
Kombinesch, S. 64: Unterkleid (siehe auch: »De Kombinesch von da Loren«, auf der Ostbahn-CD **50 verschenkte Jahre**, Universal, 1999)
Schulstagln, S. 72: unentschuldigt dem Unterricht fernbleiben
Waserl, S. 72: Memme, Schwächling
Krapferln, S. 72: Süßwaren; aber auch: weibliche Brüste
Heh, S. 72: Polizei
goschert, S. 73: frech, aufmüpfig
Nipf, S. 73: Mut, Selbstvertrauen; jemandem den N. nehmen = ihn/sie entmutigen
Vokuhila, S. 73: Vorne-kurz-hinten-lang-Haarschnitt (siehe auch: Die Ärzte-CD **Le Frisur**, Metronome, 1996)
Frankisten, S. 75: unbescholtene Bürger
immer schön pomali, S. 88: nur mit der Ruhe
Kapazunder, S. 88: Fachmann, Experte
Buttenhansel, S. 97: der Teufel; eigentlich: der Krampus = volkstümliche Teufelsfigur, die am 5. und 6. Dezember dem Nikolaus folgt und schlimme Kinder in ihren Buckelkorn (Butte) steckt
gach, S. 108: schnell
Burenheidl, S. 117: Brühwurst zweifelhafter Qualität, die vorzugsweise nächtens am Würstelstand konsumiert und magentechnisch eigentlich nur von gebürtigen Wienern vertragen wird
Brandineser, S. 128: auf das Ausschenken billiger Spirituosen spezialisiertes Lokal
Mascherl, S. 134: Fliege
hantig, S. 155: resolut, energisch
Bim, S. 156: Straßenbahn

Sollten dem geneigten Leser/der interessierten Leserin in »Peep-Show« weitere unklare Begriffe untergekommen sein, so sind sie herzlichst eingeladen, sich per E-Mail (Adresse: hiess@evolver.at) direkt und gratis an die Autoren zu wenden. Prompte Beantwortung wird garantiert!

THE OSTBAHN EXPERIENCE

- Besuchen Sie Kurt Ostbahn, den Trainer & Dr. Trash sowie andere Protagisten im Internetz - dort erfahren Sie auch alles über Konzerte, Lesungen und neue Projekte:
  http://www.ostbahn.at

- Lesen Sie die historischen Abenteuer und Doppelconferencen von Dr. Trash und dem »bürgerlichen« Bruder des Trainers, Mr. Jive, in der Netzzeitschrift EVOLVER:
  http://www.evolver.at

- Verzeichnis aller bisherigen Ostbahn-Romane:
  Blutrausch, Innsbruck 1995.
  Hitzschlag, Innsbruck 1996.
  Platzangst, Innsbruck 1997.
  Kopfschuß, Wien 1999.

- Verzeichnis aller bisherigen Ostbahn-Tonträger:
  Ostbahn-Kurti & die Chefpartie /
  Kurt Ostbahn & die Kombo:
  Ollas wos I brauch. Single 1975 (tilt-records, vergriffen)
  Antifrost Boogie. LP 1976 (Creolia, vergriffen)
  Nochtschicht. LP 1977 (Creolia, vergriffen)
  Ostbahn-Kurti & die Chefpartie. LP/MC/CD 1985 (Ariola)
  Ostbahn Live. LP/MC/CD 1985 (Ariola)
  A scheene Leich. LP/MC/CD 1988 (Amadeo)
  Liagn & Lochn. LP/MC/CD 1989 (Amadeo)
  1/2 so wüd. DoLP/CD 1991 (Amadeo)
  A blede Gschicht. DoLP/CD 1992 (Amadeo)
  Saft & Kraft. CD 1994 (Amadeo)
  Trost & Rat. CD 1994 (Amadeo)
  Espresso Rosi. CD 1995 (Amadeo)
  Reserviert fia zwa. CD 1997 (Amadeo)
  Blutrausch (O.S.T.). CD 1997 (Amadeo)
  Die 50 verschenkten Jahre im Dienste der Rockmusik.
  CD 1999 (Polygram/Universal)

Trainer & Trash danken:

Den wunderbaren Gefährtinnen, Frau Andrea und Frau Helga (für übermenschliche Geduld, seelische Unterstützung und den gelegentlichen Arschtritt); Herrn Kobleder und seinem Hotelpersonal im oberösterr. Groß-Weiffendorf (für geeignete Arbeitsräumlichkeiten, ausgiebigen Getränkevorrat und den guten Schmäh); Little Steven (KiK, Ried im Innkreis) und Hrn. Norbert, dem Standesbeamten (für Support & Transport); und natürlich Kurt Ostbahn (für sein strenges Auge und sein gutes Herz). Außerdem bedanken wir uns beim Lektorat und den anderen Leidtragenden des Eichborn-Verlags, die wieder feststellen durften, was für eine Plage Autoren sein können …

Günter Brödl & Peter Hiess, Wien/Teneriffa 1999